Lucia Guglielminetti

RVH – RACCONTI 2009-18

Prefazione

Personalmente odio le prefazioni, soprattutto in volumi dedicati alla narrativa. Ma quando Lucia Guglielminetti mi ha chiesto di scrivere una sorta di introduzione a questa raccolta di racconti che vedono protagonista uno dei personaggi che avrei voluto creare, non ho potuto, anzi, voluto dire di no. Io e Raistan Van Hoeck ci siamo girati intorno a lungo. Amo i vampiri, da quelli delle origini a quelli sbrilluccicosi passando per tutta la produzione zannuta di Ann Rice. E di questo ragazzone biondo e strafottente si parlava in più di un gruppo di quelli che frequento su Facebook. Gruppi di gente che ama leggere e scrivere storie. Diciamo che potrei essere un buon esempio di come una pubblicità intelligente alle proprie storie paga, alla lunga. Ci ho messo un po', lo ammetto, prima di decidermi ad acquistare "Ascesa alle tenebre", il primo volume della saga RVH. Non è stato un colpo di fulmine, quello tra me e Raistan. Lui sa essere insopportabile. E gigioneggia. Ricordo che leggendo dell'agguato nel tunnel dell'Alma, a Parigi - sì, lo stesso dove è morta lady Diana - e di come abbia sbattuto la propria invulnerabilità in faccia al mondo, ho vacillato tra "ma mi faccia il piacere" e una velata ammirazione. Nella mia recensione lo descrissi come un Daniel Craig - l'ultimo, muscolare 007 -

eccezionalmente di buon umore. Non ero convinta di volerne ancora di quel dialogo a quattr'occhi. E che occhi. Ma "Sette giorni per i lupi", il secondo volume, mi ha dato il colpo di grazia. Vi sto annoiando? Cercherò di stringere, ma voglio spiegarvi cose che, se siete qui a leggere questa raccolta, probabilmente già conoscete. E condividete con me. Non sarete di certo tutte donne, ma chi impedisce agli uomini di fangirlizzare? Ironia, ferocia e arroganza sono tratti distintivi di Raistan. Sono la maschera che indossa. Parla sempre malissimo di sé, si aspetta di essere respinto e disprezzato e soffre quando la sua aspettativa si concretizza. Soffre e uccide. Ma ciò che gli è stato fatto in un giorno di giugno del 1705 in quel di Londra - e diciamo tutti insieme grazie a Shibeen O'Connor - non ha ucciso la sua anima. Ha fermato il muscolo cardiaco, certo, ma il cuore, inteso come capacità di provare sentimenti, lo ha lasciato intatto. E ciò che rende Raistan un personaggio che non si dimentica, è la fragilità. Un gigante alto due metri e con una forza sovrumana, sì. Ma si porta addosso ben più delle cicatrici inflitte da secoli di lotte, odio e sconfitte. Nel suo costante dialogo col lettore, se si riesce a guardare dentro quelle iridi screziate di sangue, si scorge l'infelicità di una condizione ineluttabile. La vita di Raistan è come un ergastolo. La pena non può finire. Si dipana attraverso le epoche storiche. Lo costringe a perdere chi ama e ad allontanarsi giorno dopo giorno da ciò che più rimpiange: essere umano. Avete sentito? Sì, quella specie di ringhio. Era lui, certo. Adesso dirà che odia gli umani, che siamo solo cibo, che non ci considera proprio e tutto il repertorio. Però aspettate che gli passi, state in silenzio in un angolo, fategli dimenticare la vostra presenza. E guardate. Il giovane uomo che

5

nel 1705 aveva ventotto anni e sfidava la sorte su un ring per incontri clandestini di pugilato è sempre lì, sapete. E riaffiora ogni volta che Raistan si crede solo. La maschera cade, magari spunta un pallido sorriso e gli occhi, quegli occhi, guardano la vita scorrere. Non tenderà la mano per afferrarla. Non può. Ma ama immergersi nella corrente. E farsi travolgere da un incontro, da un abbraccio, da un sorriso. Ora lo sapete. Però non ditegli che ve l'ho detto. O verrà a staccarmi la testa dal collo.

Laura Costantini

Introduzione

Ben trovato, caro lettore, è un piacere averti qui.

In questo volume troverai i racconti che io e la mia umana ci siamo divertiti a scrivere nel corso degli anni. Sono momenti della mia vita colti nella loro unicità, a partire dalla storia che rappresenta il mio primo affacciarmi nel tuo mondo: L'ospite inatteso.

Né lei né io avremmo mai immaginato che saremmo giunti fin qui, ma ne siamo felici. Speriamo che lo sia anche tu e che voglia seguirci in questo nostro viaggio. Alcuni dei passi di questo cammino li conosci già, ma contiamo di sorprenderti con qualcosa di nuovo. Inoltre, ogni racconto è preceduto da un breve commento del tuo vampiro preferito. Sono sicuro che apprezzerai, curioso lettore.

Raistlan Van Harck

I racconti

L'OSPITE INATTESO

Ecco il momento in cui tutto è cominciato. La mia presenza nel tuo mondo, intendo. Darsi fuoco dopo cinque pagine dalla propria nascita non è da tutti i personaggi, spero ne converrai con me, caro lettore. Avrei dovuto immaginare che dopo non sarebbe andata molto meglio...

"Mamma, papà, svegliatevi! Ho paura!"

Jim Andrews aprì un occhio e lo volse all'orologio digitale sul comodino della moglie. Le 3:35, e brava Ellie...

"Ellie, torna a dormire, avrai sognato..."

"Che succede? Ellie, stai bene?"

Alice, moglie di Jim e madre di Ellie, emerse dalle profondità del piumone. Accese la luce e si ritrovò a fissare la figlia, tutta tremante nella camicia da notte di Hello Kitty, col suo topo di *peluche* stretto al petto.

"Amore, cosa c'è?"

"Ho sentito un rumore forte, da sotto, e poi il suono di qualcuno che piangeva. Voi non avete sentito?"

"No, piccola, devi aver sognato. Vuoi venire qua con noi?"

"Non ho sognato, sono sicura! Ero già sveglia, anche fuori ci sono dei rumori strani! Papà, ti prego, non puoi andare a vedere?"

Jim sospirò e si arrese. Conosceva troppo bene la figlia per illudersi di riuscire a calmarla – e a riprendere sonno – se non si fosse piegato al suo volere.

"Ok, Ellie, ok, vado. Tu infilati sotto le coperte con mamma, che prendi freddo."

La bambina obbedì e Jim mosse i primi passi attraverso la stanza; il suono di qualcosa che andava in frantumi al piano inferiore lo gelò sul posto e strappò uno strillo alla moglie e alla figlia.

"Visto che non stavo sognando? C'è qualcuno di sotto, lo sapevo!"

"Alice, chiama la Polizia e chiudetevi dentro. Io vado a vedere."

"NON T'AZZARDARE A LASCIARCI QUA DA SOLE!" strillò Alice tenendo stretta la bambina.

"Shhh, zitta. Vuoi che si accorgano che li abbiamo sentiti?"

"Meglio, magari se ne vanno. Il telefono, Jim, prendi quel telefono!"

"Prendilo tu, io vado a vedere."

Aprì la porta dell'armadio a muro e ne sfilò una vecchia mazza da baseball, poi si diresse fuori dalla stanza prima che la moglie potesse protestare. Le donne non capivano, c'erano cose che un uomo deve fare per il solo fatto di essere un uomo.

Si fermò in cima alla rampa di scale e si mise all'ascolto, con tutti i nervi tesi. Ellie aveva ragione, si sentivano strani rumori anche da fuori, se uno ci faceva attenzione. Era come un ringhiare sommesso inframmezzato a parole rabbiose. Un nuovo schianto da sotto lo fece trasalire e la mazza gli cadde quasi di mano. Ellie e Alice strillarono di nuovo, poi Jim sentì la moglie digitare con frenesia un numero telefonico.

"Pronto?! Pronto?! Cazzo, rispondete! Oh, mio Dio, Jim, non c'è la linea..."

Ellie si mise a piangere.

Jim scese i primi scalini, col cuore che gli martellava nel petto.

Aveva le gambe rigide come bastoni, come se appartenessero a qualcun altro e non a Jim Andrews, commercialista quarantenne, rosso di pelo e dalla battuta pronta. Forse era un sogno, forse non stava realmente scendendo quella scala, forse non c'erano solo quegli scalini a separarlo dall'ignoto e dal dovere di proteggere in prima persona la sua famiglia. Si fermò, s'impose di controllare la respirazione affannosa e quasi urlò quando la mano gelida della moglie lo afferrò per l'avambraccio.

"Che diavolo fate qui tutte e due? Cristo Santo! Tornate immediatamente di sopra!" sibilò, ma sapeva che niente avrebbe potuto farle cambiare idea.

"Non possiamo stare lì da sole, ti prego..." disse Alice.

Chiunque fosse l'intruso, era impossibile che non li avesse ancora sentiti. Che intenzioni aveva? Come ladro doveva essere ben scarso, se era già riuscito a mandare in frantumi due oggetti. E se non era un ladro, che cosa ci faceva in casa loro? Perché l'allarme non aveva suonato?

"L'allarme non vi sarebbe servito a niente, e nemmeno il telefono. Avrebbe solo messo a rischio altre persone oltre a voi, credetemi."

La voce proveniva dal soggiorno, dal termine della scala, e fece accapponare la pelle ai tre Andrews stretti l'uno all'altro sul terzultimo gradino. Il tono era stato cortese, la frase pronunciata a un volume appena percettibile, con un accento difficile da collocare, eppure mai come in quel momento Jim Andrews avrebbe voluto voltarsi e scappare.

"Prego, accomodatevi… vi chiedo solo di non accendere la luce, per il momento, e di non tentare gesti eroici. Ellie, non aver paura, vai a sederti sul divano con mamma e papà."

"Come sai il mio nome, signore?"

"Quelli come me sanno tante cose, cara. So anche che il tuo papà sta pensando di fare una cosa molto stupida… Mi creda, signor Andrews, è molto meglio che si sieda sul divano con sua moglie e sua figlia."

Jim, Ellie e Alice si sedettero cautamente, continuando a tenersi stretti l'uno all'altro come criceti nella tana. Jim riusciva a stento a rimanere fermo. *Come fa questo tipo a sapere che sto pensando alla pistola nello sgabuzzino vicino all'ingresso? Come fa a sapere i nostri nomi? Ci stavano tenendo d'occhio? Vogliono rapire uno di noi? Oh, mio Dio… non Ellie. Che prendano me, piuttosto, ma non la bambina o Alice…*

"Non pensi stupidaggini, per cortesia", continuò l'intruso. "Ho ben altri problemi, in questo momento…"

Gli Andrews balzarono in piedi come un tutt'uno quando udirono un agghiacciante lamento sgorgare dalla gola del loro ospite. Ne intravedevano la sagoma sul secondo divano della stanza, posto ad angolo retto rispetto al primo, e lo videro accasciarsi, ripiegato su se stesso, mentre all'esterno, oltre la porta finestra che dava sul giardino, un'intera cacofonia di latrati, ululati, risate sguaiate, esplose come a un segnale, facendo urlare di terrore i tre malcapitati.

"Cosa c'è là fuori?" gridò Jim. *"cosa cazzo c'è, là fuori? mi risponda, per Dio!"*

Colto dal terrore, l'uomo si lanciò sul misterioso visitatore e tentò di abbrancarlo per i vestiti, ma fu respinto da una forza straordinaria e si ritrovò a volare attraverso la stanza.

Che cazzo? pensò, rialzandosi tra cocci di vetri, meravigliato e terrorizzato, più che dolorante. Era stato scagliato a tre metri di distanza, abbattendo il tronchetto della felicità.

"Jim! Jim!"

"Papà! Lascialo stare, brutto… Non far male al mio papà!"

"Non… mi toccare… non provare mai più a toccarmi, ti avverto… e voi due, sedute!"

Quest'ultimo comando fu impartito a un volume tale da far strillare madre e figlia all'unisono, ma ottenne l'effetto voluto: le due si risedettero di schianto sul divano, come fulminate.

"Loro, là fuori, non sono qui per voi… sono qui per me. È me che vogliono… io… non sapevo dove altro andare… ho solo… ho solo bisogno di riposare un po'… solo… riposare…"

L'ultima parola fu pronunciata quasi in un sussurro, poi la figura tacque e rimase immobile, con la testa reclinata contro lo schienale del divano. Jim si alzò lentamente da terra e tornò a sedersi accanto alle sue donne, che lo abbracciarono piangendo sommessamente.

"Signore, lei è ferito, mi sembra di capire. Mia moglie è un'infermiera, perché non ci permette di accendere la luce e di aiutarla? La prego…"

"Mettiamola così: finché sto qui sono salvo, quelli là fuori non farebbero mai niente per mettervi in pericolo, per loro le famiglie sono sacre; per me no… io sono egoista e m'importa solo di me stesso, quindi avete un problema… un grosso problema… ho sete…"

"Le posso portare dell'acqua, se mi lascia andare in cucina."

L'ospite scoppiò a ridere, ma ben presto la risata si trasformò in un accesso di tosse affannosa e lo costrinse a piegarsi di nuovo su sé stesso, rantolando e gemendo.

"Non posso stare qui a far niente con uno che soffoca sul mio divano, mi scusi!"

Così parlò Alice Andrews, la guerriera, e accese la luce prima che l'ospite potesse fare qualcosa per impedirlo. Ci fu un momento di silenzio interdetto in cui i quattro convenuti si fissarono, poi nell'ordine: l'ospite chiuse gli occhi e sospirò; Jim soffocò un'imprecazione e maledisse mentalmente la moglie che voleva sempre fare di testa sua; Alice portò le mani al volto e sgranò gli occhi, incapace di emettere il benché minimo suono; Ellie disse: "Wow!"

L'essere sul divano dischiuse nuovamente gli occhi e gli angoli della bocca si incurvarono in un accenno di sorriso: "In trecento anni è la prima volta che qualcuno mi guarda e dice *wow, piccolina*."

Ellie si alzò e si mosse verso lo strano individuo. Sua madre la afferrò per un braccio, ma la bambina si divincolò con decisione senza nemmeno voltarsi. Allungò lentamente la mano e gli sfiorò una guancia, la cui pelle era talmente pallida da lasciar intravedere il reticolo di vene al di sotto.

"Sei freddo… vuoi che ti porti il mio pigiamino con gli orsetti?"

Le labbra dell'essere tremarono di nuovo di ilarità trattenuta, ma ben presto si torsero in una smorfia di dolore. Si lasciò cadere all'indietro, con i lunghi capelli biondi, quasi bianchi, a coprirgli il viso esangue. Indossava un lungo cappotto nero dalla foggia antiquata, e quando i lembi del pastrano si aprirono, agli occhi degli inorriditi Andrews apparvero quattro enormi squarci che gli attraversavano in diagonale tutto il petto, sanguinanti e dall'aria infetta.

"Oh, mio Dio", disse Alice, "sono stati quei cani là fuori a ridurla così? Lei ha bisogno di andare in ospedale, non capisce?"

"Non sono cani… e no… non posso andare in ospedale… Ellie sa già che sono diverso, in quel modo tutto speciale che hanno i bambini di capire le cose inspiegabili. Prima o poi lo capirete anche voi e rimpiangerete di aver acceso quella luce; perché quando vi convincerete che sono quello che sono, capirete anche che quelli là fuori non sono cani, ma qualcosa di molto peggio. E se ci possono essere in giro cose del genere, qui, nella vostra bella cittadina, con i giardinetti ben curati e le *station wagon* in garage,

Dio solo sa cos'altro può esistere. Non ci sono più limiti e questa è una cosa semplicemente inaccettabile per degli adulti."

"*Raistaaan...*" chiamò una voce dall'esterno "*yu-huuuuuu... vieni fuori... Raistan, lascia stare quelle brave persone, fa' il bravo, non costringerci a entrare... tanto non hai scampo, lo sai, sei stato morso e graffiato, è solo questione di tempo, lasciaci finire il lavoro... Raaaaaiiiiist, dimmi un po', brucia?*"

Un coro di risate sguaiate accolse quest'ultima domanda, dopodiché un nuovo accesso di ululati e latrati ammutolì gli occupanti della casa.

"Ora, vi chiedo: guardatemi." L'essere di nome Raistan rivolse lo sguardo ai tre umani, strani occhi di un azzurro simile al ghiaccio, con pagliuzze rosse nell'iride e un'inquietante pupilla verticale come quella dei serpenti.

"La stiamo guardando, mi creda, non abbiamo occhi che per lei."

"Allora dite quello che pensate."

"Lei è... un po' pallido..." balbettò Jim.

"E?"

"Sei freddo come la neve! E hai gli occhi come il mio gatto!"

"Ellie!"

Un lieve sorriso increspò nuovamente le labbra dell'individuo.

"E?"

"Senta", sbottò Jim, "smettiamola con i giochetti. A me non interessa cosa è lei, voglio solo sapere cosa ne sarà di noi e cosa possiamo fare perché tutto questo finisca presto. Cos'è che vuole farci credere di preciso? Che è un vampiro?"

Il silenzio dello sconosciuto, quasi fosse un'ammissione di colpa, diede ulteriormente ai nervi al signor Andrews. D'un tratto, una sorta di corto circuito mentale lo scosse e fece esplodere tutta insieme la tensione accumulata.

"Ora basta!" gridò precipitandosi sull'individuo e prendendogli la faccia tra le mani. "Non è possibile, non ci credo assolutamente, questo è uno scherzo, una *candid camera*!"

Jim ne percepì il gelo della pelle ma volle ignorarlo contro ogni logica: "È tutto un trucco, Alice, qualcuno ci sta prendendo in giro, questo stronzo è truccato, ha le lenti a contatto, vero che hai le lenti a contatto?"

Raistan lo lasciò fare. Si lasciò maneggiare il volto come se fosse stato di pongo, tirare i capelli, persino aprire la bocca; lasciò che Jim cacciasse esultante un dito nello squarcio sul suo petto e lo ritraesse di scatto come se si fosse ustionato; poi, veloce come un serpente, scivolò alle sue spalle senza nemmeno dargli il tempo di rendersene conto, gli bloccò le braccia in una presa ferrea e avvicinò la bocca a pochi centimetri dalla gola, sguainando i terribili canini.

"Che cosa vede, Alice? Dica a suo marito che cosa vede in questo momento."

"I denti, Jim... non sono finti... oh Dio, la prego, non lo faccia..."

"Ora ci credi, Jim? Credi a tua moglie?"

Sì che ci credeva, ci aveva creduto dal momento in cui gli aveva infilato mezza mano nella ferita sul petto e l'aveva sentita fredda come un pezzo di carne appena uscito dal frigo.

"Sì! Sì, ci credo, lei è un vampiro! Oddio, ecco perché ha riso quando le ho proposto dell'acqua... Per favore, abbiamo una bambina!"

Raistan lo spinse via, lasciando che riprendesse posto sul divano assieme alla sua famiglia. Li vide abbracciarsi e provò un senso di tristezza e invidia, perché da molto tempo nessuno abbracciava lui, nessuno provava nulla per lui se non terrore, ribrezzo; a volte anche lussuria, ma mai, mai amore, compassione, desiderio del genere più puro. Sarebbe morto solo e a nessuno sarebbe importato, nessuno l'avrebbe nemmeno saputo; quelle persone avrebbero addirittura tirato un sospiro di sollievo, come biasimarle?

Furioso con se stesso per essersi lasciato cogliere da riflessioni di quel genere si alzò in piedi di scatto, ma una potente vertigine lo fece cadere di schianto in ginocchio ai piedi dei suoi allibiti ostaggi. Il veleno dei licantropi, presente nella loro saliva, si stava diffondendo molto velocemente. Quella era la notte delle sensazioni dimenticate... il suo corpo, dal momento della trasformazione avvenuta tantissimi anni prima, era sempre e solo stato un'efficientissima macchina da guerra. Niente malattie, niente vecchiaia con i suoi acciacchi; l'unica sensazione negativa che conosceva, ma che aveva imparato a dominare da tanto tempo, era la sete. Ora, quelle ondate di dolore che lo travolgevano, sempre più intense e frequenti, erano orribili, ma anche... interessanti. Si sentiva più vivo ora, a un passo dalla morte, che negli ultimi trecento anni, tanti ne poteva annoverare da quando la sua creatrice lo aveva morso.

Jim Andrews, notandone l'aria distratta, tentò un ultimo disperato atto di coraggio: si slanciò dal divano, agguantò il vampiro e riuscì a trascinarlo a terra, strappandogli un gemito rabbioso, ma questi si riscosse all'istante, si voltò e lo sollevò per la maglia rimettendosi in piedi con lui.

"Ha del fegato, signor Andrews, bisogna dargliene atto. Venga con me."

In un istante, Jim si ritrovò davanti alla porta-finestra. Era incredibile la velocità con cui il vampiro si muoveva, gli era parso di volare, e si sentiva maneggiare come se fosse senza peso. Raistan si pose alle sue spalle e aprì l'anta a vetri: "Greylord! Vuoi avere sulla coscienza questa bella famigliola? Lo sai che non mi farei scrupoli, non me ne faccio mai..." Una salva di ululati e ringhi accolse le sue parole. "Allontanatevi! Lasciate che me ne vada e non farò loro alcun male! Greylord, dove sei? Sei troppo codardo per farti avanti?"

"Sono qui, Raistan."

Un individuo enorme vestito di grigio si fece largo in mezzo al branco di creature mezze uomo e mezze lupo che infestavano il giardino degli Andrews. Alla luce dell'unico lampione di fronte alla loro casa, i loro occhi brillavano, rossi come fanali. "Sai, abbiamo deciso di farti una sorpresa. Che cos'è, in fondo, una famiglia, se liberando il mondo dalla tua infetta presenza, ne possiamo salvare altre cento, o mille?"

"*Cosa?*" esclamarono all'unisono Jim e il vampiro.

"Hai capito bene. Ci dispiace, signor Andrews, ma lei è incappato in uno dei peggiori rappresentanti della loro abietta specie. Sono anni che gli diamo la caccia. Non immagina neanche i crimini di cui si è macchiato il suo *ospite*, per cui abbiamo deciso che siamo disposti a tutto pur di mettere fine alla sua vita, stanotte, anche a sacrificare voi tre."

"Ma… non potete! Abbiamo una bambina! Voi non…"

"Lo so benissimo, signor Andrews, e mi dispiace molto, ma non c'è altro modo. Raistan, per il rispetto che ti porto - nonostante tutto - ti concedo un'ora. Se sarai fortunato, il nostro veleno ti avrà ucciso prima, altrimenti verremo a prenderti e non sarà la presenza di queste persone a fermarci. È tutto chiaro?"

"Stai bluffando. Non stai dicendo sul serio, non è mai successo niente del genere, non potete farlo!"

"Perché ti scaldi tanto? Entro un'ora lo scoprirai, no?"

"Dovrete entrare voi, io non uscirò mai."

"Se così dev'essere, così sarà."

Raistan indietreggiò trascinando con sé il povero Jim, chiuse la porta e lo lasciò andare. Lui tornò sul divano e abbracciò la moglie, che piangeva in silenzio, e la figlia che li osservava con aria più curiosa che spaventata. Come avrebbe voluto essere al suo posto, ignara di tutto.

"È vero quello che ha detto quel tizio?" chiese Alice, dopo qualche istante.

"Riguardo a cosa?"

"Su di lei. Su quello che ha fatto."

"Sono un vampiro, signora Andrews; solo nei film i vampiri possono decidere di essere buoni. La bontà non può convivere con la nostra alimentazione. Siamo assassini. Questo è quanto."

"Forse però si può decidere chi uccidere, si può fare un compromesso, no? Tra uno stupratore di bambini e i bambini stessi si può scegliere il primo, non crede?"

"Lei vuole sapere come scelgo le mie vittime, giusto? Assolutamente a caso, temo. Non sono un giustiziere, sono un predatore."

"Sì, ma non è un animale. È dotato di intelligenza, cultura, sentimenti, non è possibile che questi fattori non influenzino in nessun modo le sue scelte, non ci crederò mai. Persino un leone sceglie l'elemento debole nel branco di zebre. Lei vuol farmi credere che non lo fa?"

"Esatto, non lo faccio, mi spiace deluderla."

"Balle."

Raistan sorrise debolmente e chiuse gli occhi: "Lei è proprio un bel tipo, non c'è che dire."

"E ora? Lascerà che quei... quelle cose entrino qui e uccidano anche noi, oppure penserà a qualcosa?"

Il vampiro sembrava sul punto di perdere i sensi. La testa gli ricadeva continuamente sulla spalla e si capiva che stava compiendo uno sforzo immane per rimanere presente.

"Mi risponda, la prego... che cos'ha intenzione di fare?"

Alice vide gli occhi del vampiro rovesciarsi all'indietro e si alzò di scatto dal divano, prendendolo per le spalle e scuotendolo con decisione: "Non ancora, non ci provare..."

“Alice” sussurrò Jim, “di solito gli ostaggi sono contenti quando il loro sequestratore tira le cuoia, che diavolo stai facendo, lascialo perdere, usciamo di qua!”

“Hai… hai ragione Jim, mi dispiace, andiamo.”

Il vampiro allungò fulmineamente una mano e afferrò Alice per un braccio, strappandole uno strillo.

“Non ancora. Lei deve aiutarmi.” Il suo viso si era imperlato di minuscole goccioline rosse e Alice lo sfiorò con le dita, meravigliata. Pensò che sembrava una bellissima statua cui un artista un po’ bizzarro avesse voluto aggiungere alcuni particolari inquietanti: gli occhi, i capelli angelici, la pelle trasparente e quei denti infernali.

“Lei sta sudando sangue…”

“Così è, per quelli della mia razza. Diventa un problema quando si vogliono indossare abiti chiari. Adesso deve procurarmi un liquido infiammabile, tipo alcol o benzina e un accendino.”

“Perché? Cosa vuole fare? Non vorrà mica dare fuoco alla casa!”

“No… voglio neutralizzare il veleno dei licantropi.”

Jim scattò in piedi come se fosse stato morso da una vespa: “Licantropi? Quelli là fuori sono licantropi? Oh, Signore, non bastavano i vampiri…”

“Che cosa sono i *cantropi*, papà?” chiese Ellie con voce stanca; la bimba iniziava a cedere alla sonnolenza.

“Niente, amore, sono le bestie cattive che ci sono nel nostro giardino.”

“Staranno sempre lì?”

"Spero di no, Ellie. Tu cerca di dormire ora, vedrai che quando ti sveglierai se ne saranno andate."

"Va bene… Posso addormentarmi qui con voi?"

"Solo per stanotte, signorina."

"Sì, solo per stanotte. Buonanotte mamma, buonanotte papà… Buonanotte, Signore Bianco."

"Buonanotte, Ellie" rispose il vampiro in un sussurro.

Tacquero tutti per qualche istante, ognuno perso nei propri pensieri. Alice guardò di sottecchi Raistan e vide che stava fissando la bambina con uno sguardo pieno di tristezza.

"È tutta la nostra vita."

"Lo so. Lo posso sentire con chiarezza. È bello avere qualcuno… o qualcosa per cui vivere."

"Lei non ce l'ha?"

"No. Mai avuto. Gliel'ho detto, sono un maledetto egoista. Devo avere quell'alcol e quell'accendino, signora Andrews. Ora."

"Va bene, ma non ho ancora capito cosa vuole fare."

"Voglio cauterizzare le ferite."

"Cioè… vuole dare fuoco a tutta la parte superiore del suo corpo?"

"L'idea è più o meno quella, sì."

"Lei è pazzo! Se non morirà per il veleno, ci penseranno le ustioni!"

"Quando glielo dirò, lei mi dovrà… spegnere."

Gli umani si scambiarono uno sguardo attonito.

"Mi rendo conto di mettermi in una posizione di svantaggio, lei potrebbe decidere di non farlo e io continuerei a bruciare, ma non deve dimenticare che posso leggere nel pensiero. Se scoverò questa intenzione, in lei, non esiterò a portarla con me."

Alice scattò in piedi, furiosa: "Non c'è bisogno di continuare a minacciare! Non ho mai pensato di lasciare che qualcuno bruciasse vivo nel mio soggiorno!"

"Bene, meglio così. Preferisco mettere sempre le cose in chiaro."

Il volto del vampiro grondava ormai quell'inquietante sudore insanguinato. Alice si alzò e lasciò la stanza per procurarsi quello che lui aveva chiesto.

"Posso portare la bambina di sopra? Immagino che non sarà un bello spettacolo" chiese Jim.

"Vada. La voglio di nuovo qui tra cinque minuti."

"Grazie. È… è sicuro di quello che fa?"

"No. Ma è l'ultima cosa che mi rimane da tentare."

Jim prese delicatamente la bambina in braccio e salì le scale. Vide il vampiro sfilarsi il cappotto e quello che rimaneva della camicia, stringendo i denti per il dolore; desiderò ancora una volta che fosse tutto un sogno e scrollò la testa, poi si avviò per il corridoio e adagiò la figlia nel suo letto, rimboccandole le coperte e accarezzandole con dolcezza una guancia. Stava ritornando sui suoi passi quando un verso terribile, un incrocio tra un grido, un gorgoglìo e un ruggito gli mise le ali ai piedi e lo spinse a precipitarsi giù dalle scale, convinto di trovare la moglie con la gola squarciata. Così non era: trovò Alice in piedi con una coperta in mano e il volto esangue, mentre il vampiro si contorceva sul pavimento con la schiena inarcata e il petto in fiamme. Nel giardino esplose l'ennesima festa di latrati, ululati e grida di giubilo.

"Spengo? Devo spegnere? La prego, mi lasci spegnere! Oh, mio Dio Jim! Sta bruciando vivo, oh Dio..."

"Non... ancora..." ringhiò Raistan e versò altro alcol sulle ferite infuocate, alimentando nuove fiamme e nuove urla selvagge. Un nauseabondo lezzo di carne bruciata si stava diffondendo nell'aria della stanza e Jim portò di scatto una mano alla bocca per impedirsi di vomitare. Si voltò, come ubriaco, e risalì la scala per andare a controllare la figlia.

Il vampiro prese a dilaniarsi una mano con i denti, nel disperato tentativo di trattenere le urla; Alice gridò a sua volta e quando vide che anche i suoi capelli si stavano incendiando gli si buttò sopra con la coperta, soffocando le fiamme, per poi crollare a sedere sul pavimento con lo stomaco in subbuglio. Il corpo alle sue spalle, da cui si levava ormai solo un filo di fumo, sobbalzava come percorso da scariche elettriche. Il grido si era ridotto a un rantolo, non meno terribile perché apparentemente interminabile, cui faceva eco la confusione di fuori.

Alice scattò in piedi, si diresse come una furia verso la porta-finestra e l'aprì di schianto: "Basta! State zitti! Lasciatelo almeno morire in pace, non avete già fatto abbastanza? E... E... Non calpestate le mie ortensie!"

Il branco si ammutolì e Alice richiuse la porta con violenza, scoppiando a piangere e scivolando a sedere sul pavimento, esausta. Una risatina la riscosse e le fece sollevare il viso rigato di lacrime. Il vampiro la stava guardando: "Le... ortensie, Alice?"

Senza più nemmeno la forza di rialzarsi da terra, la donna gattonò fino a lui e rise a sua volta, quasi isterica, poi si voltò e vomitò. "Mi scusi... È stata la cosa più spaventosa che mi sia mai capitata."

"A me no, purtroppo. Grazie, per essere rimasta."

"Almeno, ha funzionato? Come si sente?"

"Come se mi avessero dato fuoco... Lo sa Alice, ora è pallida come me."

Un debole sorriso rischiarò il viso della donna.

"Venga, l'aiuto a sdraiarsi sul divano e vado a prendere le bende per fasciarla."

Il vampiro aveva perso la consueta eleganza nei movimenti e Alice fu quasi costretta a sollevarlo di peso da terra. Per fortuna, un Jim terreo e imbarazzato ricomparve e li aiutò entrambi.

"Com'è andata? Mi spiace, mia moglie è abituata a vedere ferite di ogni genere, ma io... era troppo, insomma. Sono solo un commercialista."

Raistan gli rivolse un debole sorriso: "È in gamba, Alice. Lei è fortunato."

"Lo so. Almeno è servito a qualcosa? Questo... orrore, dico."

"Detto fra noi, non credo. Forse ha rallentato un po' l'infezione, giusto per darmi il tempo di fare quello che devo fare, ma il veleno era già troppo diffuso. Non importa, lo avevo immaginato."

Alice era tornata con il suo carico di bende e cerotti e, sentite quelle parole, gli occhi le si riempirono nuovamente di lacrime.

"Se ne era così sicuro" chiese Jim, "perché sottoporsi a questa tortura?"

"E privarmi del piacere di qualcuno che si occupava di me? Della sensazione che le importasse?"

Alice sgranò gli occhi: "Lei è pazzo, davvero. Potrebbe avere stuoli di donne bellissime che cadono ai suoi piedi e preferisce farsi bruciare vivo da un'infermiera trentacinquenne in sovrappeso."

"Anche lei è bellissima. È così viva…"

"Cosa fa, ci prova con mia moglie?"

Tutti e tre sorrisero, poi Alice e Jim si preoccuparono di fasciare il torace martoriato del vampiro lavorando in silenzio sotto il suo sguardo torvo. Agivano con la massima delicatezza e si scusavano con lui ogni volta che gli procuravano dolore, gli tamponavano il sudore dal volto, come se si stessero occupando di uno di famiglia anziché di un assassino piombato in casa loro a sconvolgere le loro vite.

"Come fate?"

"A fare cosa?"

"A essere così gentili con uno come me. Vi sto leggendo e non sento odio, non sento nemmeno paura. Com'è possibile?"

Alice alzò le spalle: "Lei non sta bene ed è qui in casa nostra. Cosa dovremmo fare, ormai? Stare rintanati in un angolo a piangere e a tremare di paura? Forse anche lei sarà buono con noi, alla fine, e non permetterà che quelle bestie entrino a ucciderci tutti. Sono sicura che sotto quei canini, in fondo, batta un cuore, anche se lei fa di tutto per convincerci del contrario."

"Nella mia lunga vita ho fatto cose terribili, mi creda."

"Non sembra andarne fiero, è già qualcosa. Qui abbiamo finito. Riposi un po', ora."

"Quanto tempo abbiamo?"

"Non si preoccupi di questo. Si riposi."

"Jim, lei ha un orologio che le lampeggia in testa, è un po' difficile ignorarlo…"

Jim arrossì e abbassò lo sguardo: "Mi scusi, è che sono un po' apprensivo per natura, soprattutto da quando abbiamo Ellie."

"Vedo che manca circa un quarto d'ora: basterà."

Raistan chiuse gli occhi e rimase immobile, come a voler raccogliere le forze. Percepì Alice che gli sistemava meglio il cuscino sotto la testa e Jim che lo copriva con una coperta; volle tornare indietro con la memoria a quando qualcuno si era occupato di lui nello stesso modo affettuoso, ma per quanto tentasse, non ci riuscì. Era passato troppo tempo, e i suoi ricordi da umano erano nebulosi e confusi, come un sogno che non si riesce ad afferrare. Pazienza. Si sarebbe accontentato del silenzio.

"Ehm… l'*ultimatum* sta per scadere…"

Il vampiro scostò la coperta e si mise a sedere, chinando per un attimo la testa fra le mani, poi fece un lungo sospiro e si alzò in piedi in quella maniera fulminea che spiazzava tanto gli umani.

"Vorrei il mio cappotto, per favore."

"C'è un ingresso sul retro" disse Alice. "C'è persino una botola sul tetto, potrebbe provare a scappare da lì…"

Alice gli mise le mani sulle spalle e provò a sospingerlo nuovamente a sedere, ma fu come tentare di spostare un muro di cemento.

"Raistan Van Hoeck non scappa, non a questo punto. Ci sono cose che… un vampiro deve fare per il solo fatto di essere un vampiro. Giusto, Jim?" disse, facendo eco al pensiero dell'uomo di qualche ora prima.

Jim abbassò lo sguardo e assentì col capo.

"Voi maschi, di qualunque specie… siete insopportabili! Perché non vuole nemmeno provare a mettersi in salvo? Non ha senso!"

Lui sorrise, il primo vero sorriso di quella folle nottata, e Alice pensò che fosse il più triste e dolce che avesse visto da un sacco di tempo, nonostante il balenare fulmineo dei canini allungati. Poi Raistan prese le mani della donna tra le sue e si chinò a sfiorarne il dorso con le labbra pallide.

"Non ho detto che non lotterò, che mi consegnerò a loro come un agnello sacrificale. Ma se è rimasto ancora un briciolo di umanità in me, non posso stare qui ad aspettare che voi paghiate al posto mio. Grazie di tutto. Mi avete fatto sentire meno solo e più umano di quanto non mi sentissi da tanto. Ora di tempo non ce n'è più. Salutatemi Ellie."

"Sono qui, signore. Vai via?"

"Sì, piccola, devo andare. Mi spiace di averti svegliato."

"Non ti vedrò più?"

"Temo di no, Ellie. Devo andare in un posto molto lontano, ma spero che sarà bello… anche per quelli come me."

Fece per voltarsi, ma la bambina lo prese per mano e allungò verso di lui il suo topo di *peluche*: "Prendilo, signore. A me fa quasi sempre passare la paura…"

Raistan posò la sua grande mano, pallida e solcata di vene, sulla testa della bambina: "Si rovinerebbe troppo, piccola. Lo porterò con me in un altro modo, qui dentro." E si sfiorò il petto.

Poi, il vampiro di nome Raistan si mosse con la velocità di un'ombra verso la porta- finestra, la aprì e uscì nel gelo della notte, accolto da un boato terrificante di latrati e ululati.

Gli Andrews corsero verso la finestra e videro per un attimo il loro strano visitatore acquattarsi in posizione di battaglia. Sentirono, nonostante il frastuono, un possente ruggito sgorgare dalla sua gola; incontrarono per un attimo ancora il suo sguardo riconoscente, poi preferirono non vedere più niente e tentarono di tornare alla normalità delle loro vite.

EPILOGO

Per Alice Andrews, nulla fu più lo stesso, da allora. Cercava di comportarsi come sempre; svolgeva i suoi compiti - in casa e fuori casa - con la solita efficienza, giocava con Ellie, ma il suo pensiero tornava sempre lì, giorno dopo giorno, notte dopo notte. Dormiva a fatica e passava ore, immobile nel letto, a immaginare i destini più orribili per il vampiro, non riuscendo a impedirselo, non riuscendo nemmeno a cancellare il senso di colpa per averlo lasciato uscire a farsi massacrare dai lupi. E non l'aveva neanche ringraziato per il suo sacrificio, dandolo quasi per scontato.

Il mattino seguente a quei folli avvenimenti, era uscita in giardino per controllare lo stato delle cose: tutto era normale, come se si fosse trattato solo di un sogno. Guardando bene, però, aveva trovato tracce di sangue nell'erba ghiacciata e il bracciale di cuoio con uno stemma che aveva visto al polso di Raistan. Il cuore le aveva fatto una capriola nel petto. Lo aveva raccolto, pulito sulla giacca e lo aveva esaminato. Lo stemma d'oro bianco, ovale, rappresentava un leone rampante tra due falci di luna opposte; un'incisione al di sotto recitava: *"Non omnis moriar"* (Non morirò del tutto). Lo aveva indossato senza nemmeno pensarci e quando il marito lo aveva visto, quella sera, l'aveva guardata ma non aveva commentato. Alice sospettava che anche le sue notti non fossero tranquille: lo aveva sorpreso sveglio al suo fianco, in diverse occasioni. Parlarne, tuttavia, sembrava troppo penoso per entrambi. Si era anche chiesta se non si fosse infatuata del vampiro e non era riuscita a darsi una risposta sincera. Forse era ancora troppo presto. A peggiorare le cose, Ellie chiedeva spesso del "Signore Bianco", di dove fosse andato e del motivo per cui non poteva tornare a trovarli.

"Ma… Non hai mai avuto paura di lui, piccola? Com'è possibile?" le chiese una volta il padre, dopo l'ennesima domanda. La bambina lo guardò come se fosse matto.

"Perché dovevo avere paura? Era malato e triste, non era mica cattivo! Faceva solo finta!" Jim le aveva sorriso e l'aveva baciata sulla testa. Forse anche i bambini sanno leggere nel pensiero. Poi, una mattina di quasi due mesi dopo, Alice era scesa a ritirare la posta e, in mezzo ai soliti volantini pubblicitari e alle bollette, aveva trovato una busta con l'indirizzo vergato in un'elegante grafia antiquata, tutta svolazzante. Il cuore le aveva mancato un colpo, era rientrata precipitosamente in casa e si era seduta sul divano, aprendo la busta. Ne aveva estratto un foglio di una carta raffinata e pesante, color avorio.

Parigi, 23 febbraio

Carissimi signori Andrews, Alice e Jim,

sono lieto di potervi scrivere queste poche righe, per farvi sapere che ce l'ho fatta. Greylord dovrà ancora attendere, prima di poter soddisfare la sua sete di giustizia. Quando sono uscito da casa vostra, non sperando in niente se non in una fine rapida, ho scoperto di avere più amici fedeli di quanti non avessi mai immaginato. Hanno combattuto al mio fianco, mi hanno curato, mi sono stati accanto finché non sono stato in grado di provvedere di nuovo a me stesso, proprio come avete fatto voi. È stata la sorpresa più grande della mia vita e mi ha fatto riflettere su molte cose, anche su quello di cui abbiamo parlato durante la mia permanenza presso di voi. Ora mi obbligo a compiere delle scelte e questo fa sì che la convivenza con me stesso - e la mia pur deprecabile condizione - sia più sopportabile, notte dopo notte.

Spero che abbiate trovato il mio bracciale. Nonostante il suo aspetto vetusto, è molto antico e prezioso. Fatene quello che riterrete più opportuno, anche se una parte di me si augura che lo vorrete conservare come ricordo della nostra serata insieme.

Avrei desiderato che più piacevoli circostanze ci avessero condotto a fare reciproca conoscenza, ma sono sicuro che, in quel caso, la mia stupidità non mi avrebbe concesso di apprezzarvi come invece è avvenuto.

Con queste parole, vi lascio e vi auguro ogni bene.

Vogliate donare un grosso abbraccio alla vostra deliziosa bambina, fatele sapere che il "Signore Bianco" la pensa e che il suo viaggio, fino a questo momento, è stato piacevole.

33

Vostro servo e debitore, per sempre,
Raistan Van Hoeck.

Alice strinse brevemente al petto la lettera, col viso rigato di lacrime, poi si alzò e la portò in cucina, dove la affisse con una calamita alla porta del frigo. Anche Jim avrebbe potuto vederla, appena rientrato a casa. Si asciugò il viso, sfiorò il foglio con un sorriso sognante, poi salì al piano superiore e si mise a rifare i letti.

BEING VAMPIRE – RIFLESSIONI

Ovvero, quando passo troppo tempo da solo e inizio a filosofeggiare sulla mia condizione. Ti piacciono le conclusioni a cui sono giunto?

Tutte le volte che sento citare l'essere vampiri come scusante per un atto immondo da noi compiuto mi viene da ridere.

Io conosco benissimo la differenza tra il bene e il male.

So che non è bello prendere una donna e costringerla a fare sesso, o uccidere qualcuno dopo averlo tormentato per ore. Non l'ho dimenticato trasformandomi in quello che sono e il mio QI non è precipitato, nel frattempo. Quello che sto dicendo è che essere uno di noi permette agli istinti peggiori di prevalere e, in più, di non provare particolare rimorso, per questo.

Se volessi, potrei dominarmi, ma sarebbe stressante. Il punto è che... preferisco farlo. Perché è liberatorio. Perché mi fa sentire onnipotente, e con l'intera razza umana ai miei piedi. Perché, probabilmente, sono un bastardo e la parte di me che avrebbe voluto farlo è sempre esistita, ma non osava per via delle convenzioni sociali e delle leggi degli uomini. Per la paura di esse.

È dura, a volte, soffocare la mia vera natura per essere gentile e rispettoso verso gli umani e per vederli veramente. Non mi viene naturale. Mi piace quello che provo quando lo faccio e sono orgoglioso di me stesso, se ci riesco ma, quando vago per le strade nelle ore più profonde della notte, torno ad essere quello che sono davvero e solo il sangue e la caccia mi danno soddisfazione. Tutto riprende la solita prospettiva, nella mia testa. Io domino, loro si sottomettono.

Non avete idea delle fantasie che infestano la mia mente, forse dettate dal mio essere vampiro, o forse perché sono uno stronzo psicopatico. Ci sono mostri qua dentro, e gridano e raspano la porta della mia mente supplicando di uscire. Siamo amici, in un certo senso, perché sono miei e solo miei e mi donano una felicità perversa in cambio degli orrori che commetto e che sono il loro cibo, ma non piacerebbero a nessun altro, non certo a un umano. Io stesso a volte fatico a guardarli e vorrei scacciarli, ma so che se lo facessi mi sentirei disperatamente solo e ancora più sbagliato di adesso, quindi me li tengo e apro quella porta solo di uno spiraglio. Ci serve per comunicare, sapete. Riuscite a capire?

THIS IS HALLOWEEN

Questa festa ci è già più congeniale del Natale, purché ci sia concesso di viverla nel suo spirito più vero. Ma si sa che ho il cuore tenero e non riesco a dire di no ai cuccioli umani…

"Ma dove diavolo l'ho messo? Porca…"

"Che cosa stai cercando?"

Ecco, lo sapevo che mi beccava. Shibeen. Appoggiata allo stipite della porta a braccia incrociate, mi sta guardando con sospetto. E io che volevo mantenere la faccenda il più possibile riservata…

"Niente. Una cosa che avevo."

"Che cosa?"

Fai il favore, vai a dissanguare qualcuno… se ti dicessi cosa sto cercando, e perché, mi sfotteresti per i prossimi due secoli. E non è un modo di dire. Tra di noi è possibile.

"Ehm… niente. Dove cazzo…"

"Raistan! Stai buttando all'aria tutto l'armadio e poi toccherà a me rimettere in ordine, come al solito! Dimmi cosa cerchi, magari posso aiutarti!"

"Il… ehm… mantello. Quello da Generale. Lo hai visto, recentemente?"

Si tamburella un dito sulle labbra e aggrotta le sopracciglia, poi avanza nella stanza.

"Uhm… non saprei… Scusa, ma che cosa te ne fai? Hai nostalgia dei vecchi tempi?"

"No. Mi serviva, tutto qui."

"Tu non me la conti giusta. Dimmi a cosa ti serve e forse ti aiuterò a cercarlo."

"Eddai, Shee…"

"Niente 'Eddai Shee'. Dimmi perché lo stai cercando."

"Devo usarlo. Stasera, ok? Non chiedermi altro."

"Stasera? Cioè, adesso?"

"Sì, e sono già in ritardo, cazzo. Dimmi se lo hai visto."

"Tu dimmi perché devi usarlo e te lo dico."

"Ma sei proprio…"

Mi sorride in quel modo che mi fa venire voglia di strozzarla e di abusare di lei in modi molto interessanti nello stesso tempo, e pianta i pugni sui fianchi, sapendo di avermi in pugno.

"Ho promesso a Ellie che l'avrei accompagnata in giro a fare 'dolcetto e scherzetto', e che mi sarei vestito da vampiro…"

Lo dico a voce molto bassa e senza guardarla, e intanto continuo a rovistare in cassetti e ripiani. Il silenzio che segue la mia rivelazione, però, mi induce ad alzare la testa. È strano che Shibeen rimanga senza parole. Mi sta guardando ad occhi sgranati, con una mano premuta sulla bocca. È molto immobile e molto umana, in questo momento, ma dura poco. Una risata squillante erompe dalla sua gola e mi travolge, strappandomi un ringhio. Lo sapevo che avrebbe reagito così.

"Posso... posso venire anch'io? Ahahahahah ti prego... questa non posso perdermela... ahahahahah... dolcetto... ahahahahahah... oddio, Olandese, mi fai morire... vuoi le caramelle anche tu? Ahahahahah aspetta che lo dica a Seamus..."

"A Seamus non dirai proprio niente, chiaro?! Mi ha incastrato, non potevo dirle di no... sai come fa, ti saltella intorno, mette su quella faccina supplicante, pigola un *'ti prego'* dopo l'altro... Ci si è messo anche il piccoletto... *'veni, Fattasma, veni'*... abbi pietà, e aiutami a trovare quel mantello..."

"Anta sinistra, secondo ripiano in alto, pacchetto con carta rossa... ahahahaha... vuoi che ti trucchi da vampiro? Ah, no, dimenticavo... tu sei un vampiro... ahhahahaha... oddio, muoio..."

Shee ha ragione, devo essere impazzito, ma come si fa a dire di no a una bambina di otto anni che adoro e che vedo così raramente? In fondo che cosa mi costa? Un giretto di mezz'ora per il quartiere e finirà tutto. Che sarà mai?

"Che bello, Ray, sei venuto veramente! Sei bellissimo, col mantello! Ma è uno vero? Voglio dire, proprio vero vero?"

"Vero vero, Ellie. Lo usavo tanto tempo fa. Sono contento che ti piaccia."

"Tello, tello!" strilla Rob, tutto contento. Lui è travestito da fungo, chissà perché, mentre Ellie è una spaventosa streghetta con tanto di naso adunco. Alice ha più o meno la faccia di Shibeen

subito prima di scoppiare a ridere, ma non lo ha ancora fatto. Penso che si renda conto di quanto mi costi tutto questo, e sento che lo apprezza.

"Vogliamo andare? Siete pronti?" dico, traendo un lungo e inutile respiro.

"Dobbiamo passare a chiamare Sally, Maggie, Sheila, Frannie, Billy e Johnny. Vengono anche loro, abitano tutti qui attorno. Andiamo, Ray?"

"Damo, damo!" concorda Rob.

Devo aver capito male. Altri sei bambini? Con me? Mi volto a guardare stupefatto Alice, che chissà perché ha chinato il viso tra le mani e ha le spalle che sobbalzano. Sta ridendo, la maledetta, e in modo silenzioso, segno che non riesce nemmeno a riprendere fiato. Alla fine lo fa, e il suono che le esce dalla gola assomiglia allo stridio di un chiodo passato su una lavagna.

"Ti… ti accompagno, Raist, non ti preoccupare… oddio, muoio…"

Le stesse parole di Shee. Un interessante *crossover* di razze. La stronzaggine non ha confini.

Per solidarietà, Alice ha indossato un cappello da strega e si è dipinta il viso con del cerone bianco, tracciandosi anche dei segni scuri sotto gli occhi. Assomiglia a un panda, più che a una fattucchiera, ma non gliel'ho detto. C'è il rischio che si offenda e mi lasci solo con l'entità chiamata *Sallymaggiesheilafranniebillyejohnny.*

"Ray, ti piace il mio costume? Faccio paura?" mi chiede Ellie saltellandomi davanti. Questa bambina è nata con una dotazione di molle nelle gambe.

"Sei spaventosissima, Bambina Rosa. Sono addirittura terrorizzato."

"Damo, damo!" urla Robert prendendomi per mano e trascinandomi verso la porta. Io mi lascio sfuggire un "Ahhhmiodio" e lo seguo, rassegnato. Qualcosa mi dice che sarà una serata eterna. Jim non si è visto, e non voglio mettere Alice di cattivo umore chiedendole dove sia. Ormai si sa che viaggiamo su binari paralleli, io e lui.

Prima casa.

Cazzo, perché ho accettato di accompagnarli?

Sallymaggiesheilafranniebillyejohnny sono dei casinisti nati e Johnny lo ammazzerei proprio. Appena mi ha visto, ha chiesto ad Ellie da che cosa fossi vestito, e poi ha decretato che non sembravo per niente un vampiro. Ha parlato l'esperto. Lui è vestito da zucca. Volevo dirgli che lui invece sembra proprio una zucca, visto che anche senza costume ha la stessa forma, ma Alice deve aver intuito qualcosa dalla mia espressione e mi ha artigliato un polso con la mano.

Campanello. "Dolcetto o scherzetto!" urlano i mostriciattoli in coro. E se non fosse per Ellie e Rob, risponderei 'scherzetto' al posto del padrone di casa e poi li traumatizzerei a vita con qualche trucchetto davvero memorabile, ma non posso. La signora che viene ad aprire si finge terrorizzata e accoglie i pargoli che la assediano sulla porta con tutta una serie di versi assurdi. È quando posa gli occhi su di me che le cose si fanno divertenti, a cominciare dal sorriso, che le si congela sul viso e lì rimane, mentre la sua mente cerca di discernere tra la finzione e la realtà. Io ricambio lo sguardo, impassibile, con un ghigno a cui devo impedire di farsi sempre più ampio. Ma che diavolo, è Halloween, no? Stasera anche un bel paio di canini sono permessi. Mostriamoli, una volta tanto.

La tipa a quel punto sgrana gli occhi e si affretta a consegnare il bottino ai bambini. Alice non dice nulla, semplicemente perché non ne è in grado. Sta di nuovo facendo uno sforzo titanico per non ridere. Anche tirchia, la signora. Sgancia sì e no cinque caramelle per bambino, e loro la guardano delusi. No, così non va... le faccio un semplice cenno col dito, fissandola in modo intenso – il *mio* modo – e quella ne raccoglie manciate e le lascia cadere nei sacchetti di carta, suscitando gridolini di contentezza. Così va meglio. Subito dopo sparisce dietro la porta come se avesse visto un demone... strano, eh?

"Guarda quante ce ne ha date, Ray! Ne vuoi una?" esclama Ellie.

"No, grazie... sono a dieta, stasera. Dalla alla mamma" le rispondo.

In fondo ci può essere un risvolto divertente, in tutto ciò.

"Questa è l'ultima, bambini, poi è ora di tornare a casa" annuncia Alice.

Sono passate quasi due ore, e direi che il quartiere, grazie alla mia presenza, ha passato una sera di Halloween piuttosto interessante. Dovrebbero assumermi come animatore. Vediamo... Due megere stanotte avranno incubi molto vividi; un rottweiler avrà bisogno di una seduta da un bravo psicologo veterinario – mi dicono che esistono – visto che, adesso come adesso, è praticamente convinto di essere un chihuahua; tutti hanno dato fondo alle loro scorte di dolci con il nostro gruppo, che è carico come di ritorno da una razzia vichinga.

"Ma c'è ancora quella..." dice Ellie, indicando una casa più vecchia, immersa nel buio.

"No, quella no. Ci abita un vecchio scorbutico, ci faremmo solo prendere a male parole..."

"Davvero?" dico io. "Interessante. Molto interessante."

Bene. Forse anch'io avrò modo di festeggiare a modo mio, stasera. Ma dopo, in separata sede. Alice mi guarda in modo intenso, con mille domande che le si affacciano alle labbra, poi scrolla la testa e decide che è meglio non sapere il motivo del mio improvviso interesse. Riaccompagno a casa il gruppo, poi mi congedo dalla mia piccola amica che mi regala uno dei suoi abbracci. Non sono mai abbastanza, e anche solo per questo sono contento di averla accontentata, tuttavia interrompo il contatto con una certa fretta, perché il vampiro si è svegliato, e l'odore del suo sangue mi sta mandando in tilt. Ho in mente solo la casa buia, e il suo occupante che presto incontrerò, che lo voglia o no.

Questo è Halloween, e lo sarà a modo mio.

Un attimo prima di lasciare casa loro, mi trovo davanti Alice, che mi guarda preoccupata.

"Non farai niente di male a quel tizio, vero?"

Non le rispondo, non ne sono in grado, e lei vede il mio sguardo vagare qua e là e rabbrividisce.

"Non ti avevo mai visto così..."

"Benvenuta nel mio mondo. Adesso vado."

Annuisce, poi si chiude precipitosamente la porta alle spalle, senza salutarmi.

Il cielo si è schiarito e la luna è alta nel cielo. L'aria sa di buono, e presto sarà ancora più profumata. Saprà il sapore del rosso, che è il mio colore preferito.

LA SCELTA DI BABETTE

Amo l'Italia, e Roma è davvero una città spettacolare. L'ho visitata diverse volte in questi tre secoli. Il concetto di eternità, quando ti trovi circondato da monumenti tanto maestosi, diventa molto relativo. Durante l'ultima vacanza romana, però, non tutto è andato per il verso giusto. O forse sì. Vero, Annamaria?

"Sicura che non vuoi che ti accompagniamo sotto casa, Anna?"

"Sicura! Ho mangiato troppo, ho voglia di fare due passi. Non vi preoccupate, è qui dietro l'angolo."

"Mah, sai, con la brutta gente che c'è in giro…"

"Cosa volete che se ne facciano di una vecchietta come me? Ci sentiamo domani."

"Va bene. Buonanotte allora. Grazie per la compagnia."

"Grazie a voi!"

Annamaria si avviò a passo svelto per gli ultimi cento metri che la separavano da casa sua. Era una bella serata a Roma, l'aria era tiepida e poi la sua zona era sempre stata tranquilla. Mentre costeggiava il grande parco che si stendeva come un mantello verde di fronte a diversi condomini, il suo compreso, si immerse nelle riflessioni riguardo all'ultimo romanzo che stava revisionando.

Un fruscio tra i cespugli alla sua destra la fece voltare di scatto. Fino a quel momento, non un alito di vento aveva scosso le cime degli alberi e Annamaria si chiese che cosa potesse aver causato quello sventolio di frasche, peraltro molto localizzato. Mah. Forse un animale. Accelerò il passo, improvvisamente nervosa, anche se la vista del suo palazzo, in lontananza, la rassicurò.

Adesso una bella tisana, qualche coccola a Bonnie e poi a nanna, pensò, concentrandosi sul rumore dei propri passi. Certo che non c'era proprio anima viva in giro, accidenti. Una risatina, gelida come un soffio di vento polare, la fece di nuovo voltare di scatto, e con molta più apprensione di prima. Nel momento in cui dava le spalle alla macchia scura costituita dal parco, per attraversare la strada, due forti braccia la avvolsero e la trascinarono nel fitto della vegetazione. Tentò di gridare, ma una mano gelida le si posò sulla bocca, soffocando ogni suono. Si sentiva trasportare come se fosse senza peso e non riusciva a voltarsi per vedere in faccia il suo aggressore. I suoi tentativi di divincolarsi, poi, erano del tutto inutili. Un dolore lacerante le aggredì il collo, su un lato, e al terrore si unì l'incredulità: un vampiro? Proprio lì, a Roma? Nel suo mondo, reale e concreto? *Va bene, sto sognando. Sto sognando e adesso mi sveglierò. Devo svegliarmi. Devo svegliarmi...*

Poi successe qualcosa. La presa sulle sue braccia si allentò all'improvviso; la fitta al collo fu sostituita da un dolore sordo e pulsante, ma molto più lieve di prima. Un attimo prima di mettersi a correre come una disperata, per fuggire, udì imprecazioni in una lingua sconosciuta e raschiante, simile al tedesco. Lanciò uno sguardo alle proprie spalle e... si convinse di stare sognando davvero.

C'era... c'era un individuo biondo, con capelli lunghissimi, molto alto e tutto vestito di nero, che barcollava e la fissava con sguardo interdetto. Anche lei lo fissò per un attimo, tamponandosi il collo con una mano, sentendo il sangue caldo colarle fra le dita. Sarebbe potuto sembrare un angelo, se non fosse stato per il sangue che gli gocciolava lungo il mento e gli imbrattava le labbra.

"Niet mogelijk..." balbettò il losco figuro, anche se Annamaria capì qualcosa come "nt mchlch" e di certo non si preoccupò di chiedergli il significato della sua frase. La sua razionalità era troppo impegnata a lottare con l'immagine che gli occhi le rimandavano. Quello era... quello era...

Con la mano sempre premuta sul collo, si mise a correre, guardandosi febbrilmente intorno alla ricerca di qualcuno che potesse aiutarla, ma il parco era deserto e la strada, ora, le appariva molto lontana.

Voglio svegliarmi, voglio assolutamente svegliarmi! Lo sapevo che quell'assenzio mi avrebbe fatto male, è la prima e l'ultima volta che lo bevo, non dovevo accettare!

"Chi cazzo beve assenzio nel ventunesimo secolo, *goedkope teringslet*? Aspetta!"

Come, aspetta? Aspettare cosa? Che tu finisca la tua cena?

"Devi aiutarmi, donna! Aspetta!"

Voi vi fermereste, se foste riusciti a mettere KO il vostro assalitore, anche se in modo del tutto fortuito? Annamaria no.

Attraversò il parco di corsa e finalmente raggiunse di nuovo la strada. Non si fermò fino a quando non fu al sicuro nell'atrio del proprio palazzo, col cuore che minacciava di esploderle nel petto. Si lanciò nell'ascensore e poi nel proprio appartamento, chiudendosi la porta alle spalle. Bonnie l'accolse nel solito modo festoso e Anna si lasciò coccolare dal setter per qualche istante, prima di dirigersi in bagno per verificare l'entità della ferita sul collo. Era meno peggio di quanto aveva temuto: solo un sottile rivolo di sangue colava ancora dai due minuscoli fori – un vampiro! Sono stata davvero aggredita da un vampiro! – anche se il colletto della camicetta ne era impregnato. Erano quei piccoli dettagli, così precisi, a farle dubitare che fosse un sogno, anche se lo avrebbe desiderato con tutte le sue forze. E poi i suoi sogni non erano mai così vividi. No, in quel parco era davvero successo qualcosa. Qualcuno l'aveva aggredita sul serio. Magari non proprio un vampiro, ma di sicuro un pazzo che si credeva tale. Doveva chiamare la Polizia e segnalare il fatto, perché non capitasse a qualcun altro. Andò in soggiorno per prendere il cellulare e si rese conto, in un supplemento di orrore, che la borsa non c'era da nessuna parte. Doveva esserle caduta durante la colluttazione con lo squilibrato, accidenti. Ma se lui l'avesse trovata, con portafoglio, documenti e tutto, avrebbe saputo come rintracciarla! Il cuore di Anna riprese a battere all'impazzata e la povera donna si lasciò cadere sulla poltrona accanto alla finestra, più spaventata di quanto non fosse mai stata in vita sua. L'abbaiare minaccioso di Bonnie dal corridoio la fece trasalire.

Bonnie non abbaiava mai senza un motivo.

"Piccola, cosa c'è? Bonnie?"

Il fisso. Doveva raggiungere il telefono fisso nell'ingresso e chiamare la Polizia, i Carabinieri, l'Esercito. Oppure doveva svegliarsi, perché quello che le era accaduto nel parco non era in nessun modo possibile Se anche lo avesse raccontato a qualcuno, chi le avrebbe creduto? I poliziotti le avrebbero riso in faccia!

Bonnie sembrava impazzita, intanto. Anna si alzò dalla poltrona, le gambe deboli e tremanti, e si diresse lentamente verso il corridoio. Le pareva di sentire dei suoni leggeri, al di là della porta di ingresso, come se qualcuno stesse grattando il legno con le unghie; quando poi impose il silenzio al cane, fu certa di aver sentito anche dei lamenti soffocati. *Oddio! Oddio, e adesso?*

Si precipitò sul telefono e quasi se lo fece sfuggire di mano; Bonnie raspava la porta e ringhiava.

Mentre digitava le cifre con frenesia – solo tre, ma oh, sembravano molte di più – la porta si spalancò e rimbalzò all'indietro sui cardini, investita da una forza sovrumana e il telefono le venne strappato di mano, quasi nello stesso momento. Anna strillò e Bonnie si andò a nascondere dietro di lei, guaendo. L'enorme individuo in cui si era imbattuta nel parco era lì, davanti a lei, ma nemmeno la guardò; si lasciò cadere sulla poltroncina accanto alla consolle e rovesciò la testa all'indietro, chiudendo gli occhi, come se avesse tutto il diritto di accasciarsi nell'ingresso di una sconosciuta.

"Ripeto la… domanda… chi cazzo… beve… assenzio… nel ventunesimo secolo?!" borbottò il bestione, con voce rauca e profonda, in un italiano dall'accento particolare.

E adesso che cosa faccio?! Non è possibile che mi stia succedendo questo! I vampiri non esistono!

Anna fece dunque la cosa meno prevedibile dell'universo: scoppiò a ridere. E più rideva, più l'ilarità aumentava. O quello, o chiamare un'ambulanza per un ricovero psichiatrico volontario. Vedere la faccia del vampiro che la fissava torvo dalla poltroncina, troppo piccola per lui, non l'aiutava di certo a ricomporsi. Era lampante che il suo comportamento lo offendeva a morte, ma per alcuni istanti non riuscì a fare altro. Con le lacrime che le rigavano le guance, riprese a poco a poco il controllo di sé, ma con esso tornò anche la paura.

Il tizio la stava osservando dalla propria postazione, ma non diceva più niente. Si stava artigliando la maglia all'altezza del torace, le nocche sbiancate per la forza che metteva in quel gesto. Bonnie invece sembrava essersi calmata, anche se teneva gli occhi fissi sull'intruso. Il bestione chiuse gli occhi, mentre alternava inspirazioni ed espirazioni affannose a fasi di stallo completo. Non era normale. Niente in lui lo era. Non il pallore. Non i canini che si intravedevano tra le labbra esangui, socchiuse. Nemmeno gli occhi, per quello che aveva potuto vedere, anche se le sfuggiva il dettaglio che glieli aveva fatti apparire così strani.

A un tratto, l'uomo scivolò di lato giù dalla poltrona e si afflosciò sul pavimento, restando immobile. Anche il respiro si era interrotto del tutto. Oddio, e se era morto? Cioè, non morto-vivo come un vampiro, ma proprio morto come un umano defunto? Che cosa avrebbe raccontato alla Polizia, in quel caso? Anna rimase a fissare il corpo allungato nel bel mezzo dell'ingresso, poi mosse qualche passo esitante verso di lui, accompagnata dal cane, brandendo un ombrello pieghevole; fu in quel momento che la mano gelida dello sconosciuto si chiuse sulla sua caviglia. Anna lanciò uno strillo e poi usò l'ombrello come una clava, colpendo ripetutamente sul capo l'intruso, che lasciò la presa e usò la mano per proteggersi la testa da quella gragnuola di colpi, lasciandosi sfuggire buffi versi indignati a ogni botta.

"Giù... le... mani... ti... faccio... vedere... io... maniaco... che... non... sei... altro!" urlava Anna, inframmezzando le parole con nuove ombrellate. Uno spaventoso ringhio si levò dalla gola dell'individuo, che fece del suo meglio per alzarsi; riuscì a mettersi in ginocchio, fissando la donna con sguardo mortifero, i canini sguainati in una smorfia spaventosa, ma un colpo particolarmente forte, sul lato del viso, lo rispedì a terra, dove rimase a fissare il soffitto con aria incredula. Bonnie abbaiava di nuovo e Anna ansimava, l'ombrello ormai sbilenco ancora in mano.

"Adesso chiamo davvero la Polizia, brutto bastardo! Guarda, si è rotto il manico! Era di Yves Saint Laurent! Disgraziato!"

Ma che sto dicendo?!! si chiese Anna, poi si rese conto che i vicini di lì a poco avrebbero protestato per il chiasso che Bonnie stava facendo e la chiuse in soggiorno, imponendole il silenzio. Già, ma adesso? Se la faccenda dell'assenzio, tossico per i vampiri, era vera, e pareva esserlo, per tutta la notte il bestione sarebbe stato k.o., ma di certo non poteva convivere con uno psicopatico sdraiato nel suo corridoio, nemmeno per poche ore.

"Riesci a parlare?" gli chiese, entrando nel suo campo visivo.

"Puttana..." biascicò lui. Sì, ci riusciva, almeno per dire le cose importanti.

“Sei… sei davvero un vampiro?”

“Stronza, mi hai fatto male…”

Anna vide un’abrasione sul viso candido del vampiro sbiadirsi fino a scomparire. Oh, santa Madonna, era proprio vero!

“Sto per chiamare la Polizia. Verranno a prenderti e ti butteranno in una cella. Rispondi alla domanda.”

“E se… anche… fosse? Che… te ne importa? Non… c’è… molto che… posso… fare… per ora… come vedi…”

“*Possa*, non ‘posso’. Ridammi la mia borsa. Adesso. Subito.”

“Non ho… nessuna borsa…”

“Non ti credo! Come avresti fatto a trovarmi? Guarda che ricomincio a picchiarti, ti avverto!”

“Ti… ti ho seguito, donnetta idiota…” ringhiò il vampiro. Sembrava non riuscire a parlare in altro modo, se non masticando le parole e sputandole fuori in schegge taglienti.

“E allora dov’è?”

“*Whatthafuckdolknowboutyourbagbitch!*”

Anna fu seriamente tentata di ricominciare a martellarlo con l’ombrello. Era una tragedia. Una vera tragedia! Quasi quanto avere un vampiro di due metri coricato sul pavimento dell’ingresso.

“Ok. Va bene. Va bene. Facciamo un patto. Io non chiamo la Polizia ma tu te ne vai. Ora. E non mi ammazzi e non torni mai più. D’accordo?” Avrebbe voluto che la sua voce suonasse sicura e autoritaria, invece quelle due ultime parole le uscirono in un tono supplichevole di cui si pentì subito.

“Non… posso andare… da nessuna parte… stupida donna… mi hai… avvelenato col tuo sangue…”

"Nessuno ti ha obbligato a mordermi! Quindi? Cosa dovrei fare, prepararti la camera degli ospiti? Comunque, non ci credo. Non posso credere che sei vero!"

"Sai che cazzo me ne frega… di quello che… credi…" rispose il biondo, tentando di mettersi a sedere, costretto a desistere dopo pochi, ridicoli tentativi punteggiati di imprecazioni in varie lingue.

Anna, per parte sua, era in panico. Chiamare la Polizia era l'unica soluzione che le veniva in mente, ma sapeva che se lo avesse fatto, e se quel tipo era davvero quello che sembrava essere, sarebbe stato come condannarlo a morte… o a qualcosa di peggio.

"Perché mi hai seguito?! Per uccidermi, vero? Dillo che è così!"

"Per… salvarmi. Non riuscivo a scavare… per interrarmi… il posto… dove abito… è troppo lontano… non sapevo… dove andare…"

"Ahhh, quindi volevi impossessarti di casa mia e restarci fino a quando gli effetti dell'assenzio non fossero passati! Vero?!"

"Sì", ammise il vampiro, con candore. Non aveva più aperto gli occhi e non si muoveva, se non per strani spasmi che, di tanto in tanto, gli facevano sobbalzare le gambe e le braccia. La sua voce era sempre più debole e stentata, come quella di una persona che sta per sprofondare in un sonno profondo.

"E mi avresti ucciso?" chiese Anna, temendo di sapere quale sarebbe stata la risposta.

"Sì."

"E certo! Tanto a te che importa? Una più, una meno…"

"Esatto."

"Viva la sincerità, complimenti! E secondo te io cosa dovrei fare, adesso?"

Il vampiro aspettò un bel po' prima di rispondere, tanto che Anna pensò che si fosse addormentato. Poi, con voce ridotta quasi a un sussurro, disse: "Immagino che dovrai...uccidermi. Fai in fretta. Spezza il manico... dell'ombrello e usalo... nel mio cuore. Muoviti, vecchia."

La sua risposta spiazzò totalmente Anna, che rimase a fissare il suo assalitore senza sapere come replicare.

Un'idea assolutamente folle si stava ora affacciando nella sua mente. La respinse con decisione, ma quella continuava a tornare fuori e a rosicchiarle il cervello come un fastidioso tarlo. E se... No, no, troppo pericoloso!

Anna recuperò il telefono. Avrebbe chiamato la Polizia e ci avrebbero pensato loro. In fondo era stata una lampante violazione di domicilio.

"Metti giù quel... cazzo di... telefono... ventiquattro ore... metti giù ti ho detto... *Krijg kanker en ga dood, hoer!*"

"Ventiquattr'ore cosa?" chiese Anna, confusa.

"Io... qui con te... ventiquattro ore. I tuoi pensieri... lampi nella tua testa... e nella mia..."

"Cioè tu pensi che io vorrei passare una giornata intera con uno che mi ha quasi squarciato la gola a morsi e che mi avrebbe ucciso senza battere ciglio dopo essersi introdotto in casa mia? Tu sei pazzo, decisamente."

"Credo che pazza sei tu... tuoi pensieri sono molto chiari."

Anna sentì il viso prenderle fuoco e si maledisse per la propria curiosità che superava persino il buon senso. Ma, diavolo, quando le sarebbe ricapitata un'occasione del genere? Poter osservare un vero vampiro, parlargli, proprio come aveva sognato tante volte di fare leggendo i libri che li riguardavano!

"*Sia* tu. Ammettiamo che l'idea possa avermi sfiorato la mente. Io ti ospito, ma tu sarai gentile. E non m'incanterai e tanto meno mi ucciderai, alla fine. Se no… per me è un attimo, chiamare la Polizia, ma non sono tipo da uccidere chicchessia a sangue freddo, nemmeno un assassino."

"Perché… no? Noi ci dissolviamo. Non avresti… nemmeno cadavere da nascondere. Nessuno… lo saprebbe… mai. Nessun rischio. Non puoi fidarti… di uno come… me."

"Te l'ho detto, non posso uccidere nessuno a sangue freddo. Prometti che non mi farai del male."

"Tu credi a… promessa di… un killer? Un vampiro?"

"Lo so che non dovrei, ma… sì. Potrei crederci. Anche un killer può avere un onore. Allora?"

Un silenzio lungo come un millennio. Il vampiro non lo avrebbe mai ammesso, ma era confuso e colpito dal coraggio di Anna. Tuttavia, la sua estrema diffidenza non gli permetteva di provare sollievo per il suo rifiuto di ucciderlo o di chiamare la Polizia. Gli umani erano davvero imprevedibili. Il suo cervello lavorava alacremente per trovare una via d'uscita dignitosa a quell'imbarazzante situazione, di cui non avrebbe mai parlato ad anima viva, e neanche morta, se è per questo. Messo sotto da una vecchietta paffuta. Robe da matti. Che cosa poteva desiderare da lui, quella pazza? Che cosa gli avrebbe chiesto? Sesso? Pulizie? Bricolage? Nonostante la sua esperienza pluricentenaria, non si era mai trovato in circostanze tanto surreali e non riusciva a prevedere quello che sarebbe successo. Per il momento era davvero in suo potere. Che cosa gli conveniva fare? Se lo voleva trattenere, significava che in fondo era attratta da lui. Magari avrebbe potuto approfittarne. In fondo ammirava la sua sfacciataggine, un po' meno il modo avido in cui lo stava guardando, come se si stesse già facendo un film mentale sulle ore a venire.

La fissò per un lungo istante; Anna, invece, ritenne saggio non guardarlo negli occhi, visto quello che, si diceva, riuscissero a fare con lo sguardo.

"Va bene... ma non faccio niente... che... non voglio... fare..." Seguì un lungo borbottio in olandese che Anna fu felice di non comprendere. Adesso il problema più urgente era dove sistemarlo per evitare che la sgozzasse e che prendesse fuoco alle prime luci del giorno. Era probabile che avrebbe dovuto usare davvero la stanza degli ospiti, chiudendo per bene tapparelle e tende... ma come ce lo avrebbe portato? Uno dei gatti di Anna intanto era sgattaiolato fuori dalla cucina e, dopo essersi strofinato con voluttà contro le caviglie della padrona, si era diretto a passo sicuro verso il suo ospite, lo aveva annusato e gli era montato sul petto, con fusa rumorosissime. Quando il vampiro gli aveva soffiato, mostrandogli i denti, ne era disceso, non prima di avergli lanciato un'occhiata di puro disprezzo felino.

"Non ti piacciono i gatti?"

"Sto... male, se ti è sfuggito. Non ho voglia di... fare... da cuscino per nessuno..."

"Immagino che tu non voglia aspettare l'alba qui nell'ingresso. Al mattino, con la finestra del soggiorno, è inondato di sole. C'è una camera che può andare bene, ma non puoi aspettarti che ti sollevi di peso. Dovrai aiutarmi, va bene?"

"Non… non so se ce la faccio, donna…"

Dio, speriamo che non mi venga il colpo della strega… due idioti coricati nel corridoio, di cui uno che va a fuoco…

"Devi. Forza. Al mio tre tu spingi e io tiro. A proposito, come ti chiami?"

Una lunga pausa seguì la domanda di Anna, mentre il vampiro la scrutava con gli occhi stretti in due fessure piene di diffidenza.

"Puoi chiamarmi… Ray."

Non fu semplice e non fu nemmeno divertente. Le gambe di… Ray sembravano appartenere a qualcun altro e per un buon tratto di corridoio Anna lo ebbe appoggiato addosso con tutto il suo peso, ringhiante e furioso. Ancora si stava chiedendo che razza di idea del cavolo le fosse venuta, a ospitare un letale serial killer in casa sua. In qualche modo riuscirono a raggiungere la stanza degli ospiti e il vampiro si afflosciò sul letto, osservandola torvo. Sembrava sprizzare indignazione da ogni poro, come se considerasse Anna responsabile per quella disavventura, e rifiutò la sua offerta di aiuto per togliersi cappotto di pelle e stivali.

"Adesso chiuderò la porta a chiave, spero che mi comprenderai. Non è per imprigionarti, solo per riuscire a dormire almeno qualche ora senza poi svegliarmi con la gola squarciata. Spero che domani starai meglio. Buonanotte."

Ray non le rispose. Voltò la testa dall'altra parte e chiuse gli occhi. Anna credette di sentirlo digrignare i denti per la rabbia. Si chiuse la porta alle spalle con due giri di chiave e raggiunse la propria camera, portandosi dietro Bonnie. Lei si sarebbe accorta se un intruso – quell'intruso – si fosse introdotto nella stanza. Si coricò, convinta di non riuscire a chiudere occhio, ma era tale la stanchezza che il sonno la colse dopo pochi minuti.

Le sembrava di essersi appena addormentata, quando una voce la fece saltare a sedere sul letto col cuore in gola. Qualcuno la stava chiamando. Oddio! Oddio, era Rondel, il filippino! Si era dimenticata di dirgli di non venire a lavorare! Se fosse entrato nella camera degli ospiti sarebbe stata la fine! Si scagliò giù dal letto, afferrando al volo la vestaglia, e si precipitò fuori dalla sua stanza. La schiena reagì con una fitta poco rassicurante. Riuscì a congedarlo millantando un impegno inesistente e trasse un sospiro di sollievo. E adesso?

Il dubbio di essersi sognata ogni cosa non l'abbandonava, quindi decise di andare a controllare se davvero, nella stanza degli ospiti, c'era un Figlio della Notte – anche figlio di qualcos'altro – che dormiva. Erano le dieci del mattino, il sole era alto nel cielo; probabilmente non avrebbe rischiato nulla. Probabilmente. Per sicurezza impugnò un candelabro d'argento, souvenir di un viaggio in Israele e chiamò Bonnie perché l'accompagnasse.

Fece girare la chiave nella serratura.

Prese un lungo respiro tremante.

Abbassò la maniglia.

Accese la luce.

Sbirciò all'interno.

Il cuore le si fermò per un attimo, per poi partire in picchiata.

Non c'era nessuno.

Oddio, il bestione non c'era più! Fece appena in tempo a notare che il letto appariva scombinato, come se qualcuno ci si fosse coricato sopra, prima di essere afferrata per un braccio e attirata all'interno. La porta si richiuse alle sue spalle, chiudendo fuori il cane, che si mise ad abbaiare e a raspare, disperato, e Anna si ritrovò a fissare da vicino, molto da vicino, il vampiro negli occhi. Occhi gelidi, color ghiaccio, con la pupilla sottile come un ago. Non stava dormendo. Era in piedi e incombeva su di lei e le mostrava i denti in una smorfia spaventosa e perdeva sangue dal naso. Anna notò con distacco dettato dal panico le gocce che colavano sul pavimento, poi realizzò di avere ancora il candelabro d'argento in mano e tentò di colpire Ray, ma l'oggetto le venne strappato via e gettato lontano. Fu investita da una sensazione di soffocamento così potente che credette di perdere i sensi, tanto da doversi tenere alla parete per non finire lunga e distesa. Lui la guardò, distendendo le labbra in un ghigno crudele, per poi rivolgerle un ruggito così terrificante che persino Bonnie, al di là della porta, guaì e si ammutolì. Anna invece si schiacciò contro il muro con la schiena, convinta che fossero gli ultimi momenti della propria esistenza. Invece, inaspettatamente, il vampiro fece un passo indietro e si asciugò col dorso della mano il sangue che gli colava sulle labbra e sul mento.

"Sapevo che non resistevi alla tentazione di venire a curiosare. Siete tutti così prevedibili… Purtroppo sono bloccato qui per un giorno intero, ma non puoi obbligarmi a fare nulla. Ho voluto aspettarti sveglio per dirtelo, ma adesso mi metto a dormire. E la chiave della camera la tengo io. Se vuoi scusarmi…"

Anna si sentì sopraffare da una tale indignazione che avrebbe voluto cavare con le unghie gli occhi a quel bastardo.

"*Avresti resistito!* Sì, sì, bravo, dormi. Ma ricordati che il telefono ce l'ho sempre io!"

"Non chiamerai nessuno" la liquidò lui, coricandosi sul letto. Nonostante la manifestazione di forza di poco prima, i suoi movimenti erano ancora lenti e pesanti, come se faticasse a controllarli.

"Ah, no?" rispose Anna, indispettita.

"No. Come giustificherai il fatto che mi stai ospitando? Penseranno me morto e ti faranno un sacco di domande… spiacevoli. Finirai sul giornale. Chiacchiere… pettegolezzi… tutti che ti guarderanno strana… adesso lasciami dormire."

Anna fece dietro front e si diresse come una furia verso la porta, ma poco prima che uscisse il vampiro la richiamò: "Perché… perché fai questo? Se non volevi uccidermi, avresti potuto chiamare la Polizia. Perché rischiare tanto? Potrei ucciderti anche adesso… lo sai, vero?"

"Se avessi voluto farlo, lo avresti fatto, immagino. Ma è evidente che le promesse valgono anche per i vampiri. Ci vediamo al tramonto. E si dice *Penseranno che io sia morto*. Oh."

"Non hai risposto a mia domanda."

"*Alla* mia domanda. E tu non mi puoi obbligare. Dormi."

"Sissignora. E tu smetti di correggere me. Non parlo italiano da due secoli, posso avere dimenticato qualcosa?"

Anna sentì le labbra incurvarsi in un debole sorriso e si stupì nel vedere che anche l'espressione del bestione si era leggermente addolcita. Richiuse la porta dietro di sé e decise di dare inizio a quella che si prospettava come la giornata più bizzarra della sua intera esistenza.

Ore 17.30

Ecco, il sole era ormai tramontato. E adesso?

Aveva trascorso tutto il giorno in uno stato di agitazione totale, alternando momenti in cui non vedeva l'ora che il tempo passasse con altri in cui era stata tentata di fuggire, per non farsi trovare in casa quando il vampiro si fosse svegliato. Intorno all'una del pomeriggio, poi, non aveva resistito e si era avvicinata alla camera degli ospiti per cogliere eventuali rumori provenienti dall'interno, ma il silenzio sembrava totale. Convinta di trovare la porta chiusa a chiave, aveva abbassato la maniglia senza convinzione alcuna e si era stupita di trovarla aperta, ma aveva indugiato a lungo sulla soglia, prima di decidersi a entrare. E se, pur addormentato, l'avesse sentita e le fosse saltato alla gola per puro istinto di difesa? Eppure, il bisogno di verificare se non fosse stato tutto un sogno bizzarro si faceva sempre più pressante.

L'interno della stanza era immerso nel buio e nel silenzio più totali. Nemmeno l'eco di un respiro. Visto lo spavento di poche ore prima, Anna esitava persino ad accendere la luce, ma alla fine premette l'interruttore. Eccolo lì. C'era davvero. Coricato sul letto con indosso soltanto i jeans neri, le braccia incrociate sul petto con i pugni chiusi appoggiati alle spalle in un chiaro tentativo di difesa... Dio, che spettacolo! Il ventre piatto, con i muscoli addominali ben delineati e una deliziosa striscia di peli chiari che s'inabissava nei pantaloni… quegli incredibili capelli biondi sparsi sul cuscino, dall'aspetto setoso, come quelli di un angelo… il profilo perfetto, con la linea decisa degli zigomi e le labbra piene, appena socchiuse a rivelare la punta dei canini… le ciglia lunghe, un po' più scure dei capelli, di un biondo quasi bianco… avrebbe potuto passare ore a contemplarlo. Come poteva tanta grazia convivere con tale ferocia?

Con notevole sforzo, Anna aveva spento la luce e si era imposta di pensare ad altro.

Il lieve scricchiolio della porta della camera che si apriva la fece sobbalzare. Era in soggiorno, davanti al computer, ma da più di un'ora fissava lo schermo senza in realtà rendersi conto di ciò che le stava di fronte, gettando occhiate nervose verso la finestra ogni pochi istanti, per rendersi conto del calare del buio. Anche Bonnie, distesa ai suoi piedi, alzò la testa di scatto e si mise a ringhiare. Col cuore che minacciava di esploderle nel petto, Annamaria si voltò verso la porta della stanza, sistemandosi i capelli con gesti nervosi e chiedendosi subito dopo il perché. Un attimo dopo, la soglia venne occupata quasi per intero dalla gigantesca figura del vampiro, che le rivolse uno sguardo di sufficienza prima di andarsi a sedere sul divano, allargando le braccia sullo schienale e allungando le gambe, per poi incrociarle all'altezza delle caviglie. Indossava una semplice t-shirt nera con le maniche lunghe, aderente, che metteva in risalto il suo fisico possente, jeans neri e uno sconfinato paio di stivali da motociclista, dall'aria vissuta e pieni di fibbie.

"Buonasera… Anna. Ti chiami così, no?"

"Sì. Buonasera. Ehm... dormito bene? Stai meglio?"

"Molto bene, grazie. Tuo letto è molto comodo. E sì, sto meglio. Allora? Che cosa posso fare per te, a parte non squarciarti la gola?"

Ecco, la domanda da un milione di dollari! Ci aveva pensato tutto il giorno, ma non le era venuto in mente niente che il vampiro non avrebbe giudicato stupido e infantile. Sospirò e abbassò gli occhi.

"Niente. Era una richiesta assurda. Vai pure, se vuoi."

Ray aggrottò la fronte e la fissò. "Così mi offendi, donna. Sono così poco interessante o ospiti vampiri in casa tua tutti i giorni, tanto che non vuoi scambiare neanche due parole?"

"No, no, anzi, ma... è vero. Non posso costringerti a fare niente e nemmeno voglio. Vai, vai pure. Solo una cosa... davvero non hai preso tu la mia borsa? Oggi sono tornata al parco, ma non l'ho trovata. Sono preoccupata, c'erano dentro i miei documenti e tutto quanto... per fortuna avevo le chiavi in tasca, ma chiunque, adesso, potrebbe rintracciarmi..."

"No. Non l'ho presa. Ti ho seguito, come ti ho detto." Il vampiro si alzò dal divano con una mossa fluida e velocissima che fece trasalire Anna e le fruttò uno sguardo vagamente schifato da parte sua, poi si avvicinò alla libreria e si mise a leggere i titoli sul dorso degli innumerevoli volumi che conteneva. Di tanto in tanto ne estraeva uno, lo sfogliava e poi lo rimetteva a posto senza commentare.

"Leggi molto, vedo."

"Oh, sì. Quasi in continuazione. A te piace?"

"L'eternità sarebbe insopportabile, senza buone letture. Tu hai lavoro?"

"Ero un dirigente scolastico, ma sono andata in pensione due anni fa." *Mi sta parlando. Sta facendo conversazione con me, come una persona normale! Non ringhia nemmeno più!* "Che… ehm… che libri ti piacciono?"

Lui scrollò le spalle con aria noncurante. "Basta che non siano… *romances… you know…* poi va bene tutto. Saggi. Storici. Romanzi. *Anything goes*, come dite, voi?"

Anna annuì, sentendosi felice in modo irrazionale. "E qual è l'ultimo libro che hai letto?"

Il vampiro si grattò la testa in un gesto del tutto umano, che su di lui risultò assurdamente buffo.

"*The Army of sleepwalkers*. Di Wu qualcosa. Parla di tempi che ricordo molto bene. Io c'ero, insomma. *French Revolution*, hai presente?"

"Sei… sei così… ehm… antico?"

Ray sorrise e annuì. "Grazie per non aver usato la parola 'vecchio'. Sì. Sono nato nel 1677. Nel 1705 come vampiro."

"Tranquillo, non li dimostri assolutamente", disse Anna ricambiando il sorriso. "E da dove vieni? Parli italiano abbastanza bene, ma si sente che non sei di qui."

"The Netherlands. England. France. Molti posti."

"E cosa ci fai a Roma? Anche i vampiri fanno turismo?"

"Certo! Con tutto il tempo che abbiamo…" le strizzò l'occhio e tornò a esaminare i libri. Bonnie gli si avvicinò circospetta e Ray si abbassò su un ginocchio per accarezzarle la testa.

Anna pensò di essere sul punto di innamorarsi.

I minuti passarono, seguiti da ore intere.

Il vampiro sembrava a proprio agio e non dava segno di volersene andare. Non si era ancora concesso una vera risata, ma ridacchiava spesso, in un modo che faceva pensare a una folata di vento. Si muoveva per la stanza con l'eleganza di un felino, di solito con lentezza, tranne quando qualcosa attirava la sua attenzione; allora lo raggiungeva con uno scatto fulmineo che spaventava e confondeva Anna, cosa per la quale il suo ospite si scusava regolarmente, ma sempre con quello sguardo sornione negli occhi dal taglio allungato, come se la sua paura, in fondo, lo divertisse. Quando venne l'ora di cena, la seguì in cucina e assistette con attenzione alla preparazione del pasto. Di tanto in tanto impugnava un attrezzo, se lo rigirava tra le mani con aria perplessa e poi lo rimetteva al suo posto, oppure chiedeva informazioni ad Anna sul suo utilizzo.

"Da tanto tempo non vedevo preparare cibo… umano. Credo l'ultima volta è stato nel… uhm… 1880, più o meno. Proprio qui in Italia." Un'ombra transitò sul suo viso e Anna preferì non approfondire l'argomento. Buffo avere quel bestione alle calcagna, che la osservava con l'attenzione che si riserverebbe a un prestigiatore.

Almeno fino a un certo punto.

A un tratto, mentre stava aprendo un barattolo di conserva sul lavello, Anna sentì la sua presenza incombere alle proprie spalle. Vicino. Molto da vicino. Si voltò appena e si ritrovò con il suo naso a pochi millimetri dal collo. La stava annusando.

Rabbrividì, perché sembrava emanare gelo e s'irrigidì, temendo che stesse per morderla di nuovo.

"Aroma interessante, umana. Scommetto che tuo gruppo sanguigno è piuttosto raro. Peccato che ieri era rovinato dall'assenzio, non ho potuto cogliere per bene il gusto" soffiò lui, a brevissima distanza dal suo orecchio.

"*Fosse* rovinato. No, no, non è niente di speciale, davvero…"

"Non ne sono convinto. Ho olfatto piuttosto sviluppato…"

Ora la stava proprio schiacciando contro il mobile e non sembrava avere nessuna intenzione di togliere l'assedio. Anna era paralizzata con la lattina di pomodoro in mano e non osava nemmeno respirare.

"Di sicuro è tossico anche oggi, staresti di nuovo male!" balbettò.

"Forse sì, forse no…" alitò lui, facendole percepire un'eco del proprio respiro gelido. I suoi capelli spiovevano in avanti sul braccio di Anna, regalandole altri brividi. Un attimo dopo, la pressione alle sue spalle era scomparsa e il vampiro sedeva sul ripiano della cucina dietro di lei, una sigaretta abbandonata con noncuranza a un angolo della bocca e gli occhi socchiusi nel solito sguardo sornione, vagamente divertito.

"Che cosa pensavi, esattamente, quando hai inventato questo patto? Che cosa volevi che io facevo? Dimmelo."

Anna si lasciò sfuggire un respiro tremante, mentre il suo cuore riprendeva a poco a poco un ritmo normale.

"*Facessi*. Niente... non so cosa pensassi. Stavo solo cercando di trovare un modo per... impedirti di uccidermi, credo. E per non dover... insomma, fare del male a te."

"Perché? Io te ne avrei fatto. Non capisco te. Donna strana."

Anna sospirò.

"Lascia perdere..."

Il vampiro arricciò le labbra, contrariato.

"Comunque, la mia vanità ha subito un duro colpo, umana. Nemmeno un pensierino proibito su di me?"

Gesùùùùùùùù, altro che nessuno...

"Ma che dici! Non sono quel genere di..."

"Ohhh, sì che tu sei. Lo siete tutte."

Con grande costernazione di Anna, Ray scivolò con lentezza giù dal mobile, gettò la sigaretta ancora accesa nel lavello e, fissandola, prese ad avanzare verso di lei. Insinuò una mano nei jeans neri e trasse un lungo sospiro, mentre i suoi occhi assumevano una sfumatura torbida, che allarmò Anna sopra ogni altra cosa. Si schiacciò contro il lavello e si guardò intorno alla ricerca di una via di fuga.

"Ti è piaciuto guardare me dormire?" le disse, ormai a pochi passi da lei. Quando parlava, i canini si rivelavano a tratti, ricordando ad Anna quanto fosse pericolosa la situazione in cui si trovava. Sola in casa con un essere soprannaturale pluricentenario che, presumibilmente, aveva ucciso migliaia di persone.

"Guarda che mi metto a urlare! Adesso strillo, ti avverto!"

Lui si fermò e la guardò con aria candida: "Perché? C'è incendio?" disse e, a dispetto della paura che provava ad Anna venne da ridere, ma riuscì a trattenersi. Il vampiro si era fermato e continuava a guardarla, la mano sempre inabissata nei pantaloni. "Rispondi a mia domanda, Annamaria."

"Sì, mi è piaciuto. Sei molto bello. Questo non significa che tu possa… possa… fare così. Devo portare a spasso Bonnie!" esclamò, con una nota fin troppo evidente di disperazione nella voce.

Ray si lasciò sfuggire una delle sue solite risatine fulminee ed estrasse la mano dai pantaloni.

"Va bene. Ero solo curioso. Andiamo?"

Si voltò e si diresse ad ampie falcate verso la porta, come se niente fosse accaduto. Anna sospirò e lo seguì dopo pochi istanti, chiedendosi se sarebbe morta d'infarto prima della fine della serata.

Fu una passeggiata piacevole.

Non parlarono molto, ma il vampiro sembrava rilassato e se lo era lui, lo era anche Anna. Attraversarono proprio il parco in cui si erano incontrati meno di ventiquattro ore prima, lasciando che Bonnie annusasse qua e là, poi tornarono sui propri passi. Fu quando arrivarono sotto casa che le cose cambiarono. Nel momento in cui Anna apriva il portone d'ingresso, il vampiro la bloccò, annusando l'aria.

"Ferma. Ferma qui. Devo controllare una cosa."

Lei lo vide scattare su per le scale, una macchia indistinta che risaliva le rampe a una velocità impensabile, e altrettanto velocemente le discendeva.

"C'è un problema. Ci sono stati ladri in casa tua. La porta è forzata e dentro è casino. Direi che stavano aspettando che tu uscivi."

Anna si lasciò sfuggire un gemito di disperazione.

"Lo sapevo… hanno trovato la mia borsa. Lo sapevo!"

Lui non la stava ascoltando, però. Stava di nuovo annusando l'aria, gli occhi chiusi e un'espressione assorta.

"Sali. Io torno presto."

"Ma…"

"Vai a casa, donna. Fidati di me" disse, poi partì in picchiata lungo la strada. Dopo pochi istanti era già sparito. Anna salì nel proprio appartamento e constatò sconfortata il disordine che lo deturpava. I gatti sembravano molto agitati e anche Bonnie si aggirava per le stanze come uno spirito inquieto. Anna raccoglieva distrattamente gli oggetti da terra, cercando di fare un inventario delle cose che mancavano, ma non le sembrava che ce ne fossero molte. Forse qualcosa li aveva disturbati. Forse li tenevano d'occhio e li avevano visti tornare. In fondo non avevano avuto molto tempo, meno di un'ora. Giunta in camera, si accorse che i pochi gioielli che possedeva erano stati presi dalla scatola che teneva sulla cassettiera. Si lasciò cadere sconsolata sul letto e chinò la testa tra le mani. Il suo anello preferito… la collana di perle di sua madre… maledetti!

Era passata una mezz'ora scarsa, quando sentì dei passi lungo il corridoio. Si alzò di scatto, terrorizzata, temendo che qualche malvivente fosse tornato, o si fosse attardato in casa in qualche stanza che non aveva controllato, ma con enorme sollievo – chi l'avrebbe mai detto – vide che era solo Ray. Teneva qualcosa in mano, un oggetto che Anna riconobbe come la propria borsa. Solo che non era più color panna. Non completamente, almeno. C'erano inquietanti macchie rosse, qua e là sulla superficie.

Il vampiro seguì la direzione del suo sguardo e le fece un sorrisino contrito, poi prese a strofinare vigorosamente la borsa contro la propria maglia, per poi porgergliela con un gesto brusco. Anche le sue dita erano sporche, al pari del contorno della bocca.

"Ecco qua. Dentro ci sono tue cose. Spero ci sono tutte. Adesso noi siamo pari."

Anna allungò la mano per riceverla, senza parole. Avrebbe avuto un sacco di domande da fargli, ma non era sicura di voler conoscere le risposte, quindi disse solo un "Grazie" cui il vampiro rispose con un lieve inchino. Affondò le mani in tasca e si guardò intorno con aria svagata.

"Ventiquattro ore sono quasi passate, umana. Sto per andarmene. Posso fare qualcos'altro per te, a parte lasciarti viva? Capirai che l'esistenza mia e di quelli come me deve rimanere un segreto…"

"E… e quindi?" balbettò Anna, con una spiacevole sensazione ad arrampicarlesi su per la gola come un ragno.

"E quindi io devo incantare te. Farti dimenticare nostro incontro. Niente di personale, ma è la regola."

"No! Ti prego! Non dirò niente a nessuno, lo prometto, ma non privarmi di questo ricordo!"

"Non posso, mi dispiace."

Anna si mise le mani sul viso a coprirsi gli occhi. L'idea di perdere il ricordo di quelle ore le pareva insopportabile. "Non voglio!"

Il vampiro sospirò e incrociò le braccia sul petto, guardandola esasperato.

"Femmina cocciuta…" ringhiò.

"Non sai quanto!" rispose Anna piccata, da dietro le mani.

"Alternativa è uccidere te. Preferisci? Per me non fa grande differenza. Importante è risultato. Sono tipo… pragmatico. È così che voi dite?"

"Sì. Ma io non dirò niente! Ancora non ti fidi, dopo che ti ho salvato la vita?"

Avendo ancora le mani sugli occhi, Anna non poté notare l'espressione vagamente imbarazzata del vampiro, che distolse subito lo sguardo e si passò una mano tra i capelli. Una ventata di aria gelida fu seguita dal più completo silenzio, e dopo qualche istante la donna si arrischiò ad abbassare le mani dal viso. Si ritrovò sola nella stanza e sospirò, mentre il suo povero cuore riprendeva a poco a poco un ritmo normale. Andò nell'ingresso, chiuse a chiave la porta, sussurrò un "ciao" e tornò ai suoi libri e alla sua vita.

C'E' SEMPRE UNA PRIMA VOLTA

Di tanto in tanto, come saprete leggendo i miei libri, mi diverte far visita a Greylord e trascorrere con lui la serata. Ha sempre abbondanza di libagioni interessanti e sostanze illegali ancora più interessanti. Il prezzo è qualche confidenza riguardo al passato, ma per un po' di compagnia stimolante lo pago volentieri.

"Allora, dio del sesso, raccontami la tua prima volta."

Greylord. Sempre lo stesso cazzone di sempre, eppure adoro queste rimpatriate. Eccoci qui, stravaccati sul mio divano, io per lungo, lui seduto con le mie gambe in grembo, a spartirci bevande e fumo. Sangue corretto con vodka per me, vodka e basta per lui.

"Scordatelo, lycan. Nemmeno me ne ricordo."

"Ma se sei un poppante, come fai ad essertene dimenticato dopo così poco tempo?" Lui ha 1416 anni, ovvio che ci considera tutti neonati. "Eddai, vampiro, tanto sono ubriaco, domani non mi ricorderò più niente di questa conversazione! Quanti anni avevi?"

"Ehm…diciannove. Diciannove, va bene?"

"Su, forza, raccontami. Lei com'era? E chi era? O era un lui?"

"Era una lei…"

Chiudo gli occhi e ritorno a quel tempo passato, a Londra, alla confusione costante delle strade alla fine del 1600. Quella voce…

"Ehi! Ehi biondo! Perché non ti fermi a parlare un po' con Dorothy?"

Tutte le mattine e tutte le sere la stessa storia. Dovevo fare un breve tratto di strada lungo la via in cui abitavo con i Palmer, per raggiungere la rimessa del carro per trasportare il carbone, e non c'era giorno in cui quella donna non mi apostrofasse in questo modo, o in qualsiasi altro, pur di attirare la mia attenzione. All'inizio ci cascavo e mi voltavo a guardarla, per poi borbottare qualche scusa; lei, immancabilmente, si abbassava il vestito sul petto per mostrarmi le tette, oppure lo sollevava ridendo, per farmi vedere qualcos'altro. La prima volta che accadde finii contro il muro di una casa e le sue risate mi accompagnarono per tutto il tragitto, mentre io proseguivo imprecando, col viso in fiamme per la vergogna."

"Eppure, non c'era modo di evitarla. Speravo che, ignorandola, si sarebbe stancata, invece non si perdeva un passaggio. Stava diventando un problema, perché di notte, nel buio della mia stanza, le fugaci immagini del suo seno e del suo sesso tornavano a perseguitarmi, inducendomi a massacrarmi a colpi di mano, non so se mi spiego. Non era come adesso, in cui siamo continuamente bombardati da immagini di ragazze nude che sembrano volertela sbattere in faccia. Allora, riuscire anche solo a scorgere la caviglia di una donna era un grande risultato, ti ricordi? Le brave ragazze se ne stavano barricate in casa sotto lo stretto controllo dei genitori e se non volevi arrivare vergine al matrimonio, l'unico modo era approfittare della merce offerta da una professionista. Io non sapevo cosa volessi. Non ci avevo pensato molto, fino a quel momento. Quando sentivo quel bisogno, mi davo da fare per conto mio e tutto ritornava a posto, capisci?"

"Invece quella puttana mi stava mandando al manicomio. Non era particolarmente bella né giovane, ma era dotata di una carrozzeria di tutto rispetto e di un bel sorriso, cosa molto strana, per quell'epoca. Per quanto mi sforzassi di non pensarci, appena mi infilavo sotto le coperte iniziavo a rivivere il film della giornata. Immaginavo di toccare quel grosso seno, con i capezzoli ritti in modo sfacciato, di affondarci il naso, di leccarlo fino a farla urlare di piacere. Sul sotto... avevo un'idea molto vaga di come si svolgesse un rapporto sessuale, ma forse, con un po' di fortuna, avrei anche potuto cavarmela."

"Presi la decisione senza nemmeno rendermene conto, quando arrivai a dormire una media di quattro ore per notte e Roger e Ambrosine incominciavano a preoccuparsi per il mio aspetto disastroso, temendo qualche grave malattia. Un pomeriggio d'estate, in cui non avevo consegne, transitai davanti a lei con le mani in tasca, solo che invece di abbassare in tutta fretta la testa, sostenni il suo sguardo e mi fermai. Ricordo ancora di come il cuore mi martellasse nel petto e di quanto stessi sudando, un po' per l'emozione, un po' per la giornata torrida. Lei non mostrò particolare sorpresa, ma mi sorrise e piegò il dito per indurmi ad avvicinarmi.

"Finalmente, biondino! Stavo iniziando a pensare che non ti piacessero le femmine!" mi disse, piazzandosi alle mie spalle e cingendomi la vita con le braccia. La sua mano scese subito sul mio pacco, facendomi trasalire. Soffocai un guaito e trattenni il fiato, sentendo il mio allegro compagno di giochi sollevare la testa con entusiasmo nei pantaloni.

"Mi… mi piacciono…" squittii, offeso per quel dubbio sulla mia virilità.

"Lo sento! Allora, vogliamo conoscerci meglio?" sussurrò, continuando a massaggiarmi là sotto attraverso la stoffa.

Annuii e lei mi prese per mano, guidandomi all'interno della sua casa, fino al piano superiore, nella camera da letto. Quando si chiuse la porta alle spalle fui travolto dal panico e cominciai a borbottare scuse e pretesti per andarmene, indietreggiando. Lei non fece altro che sorridermi, poi si slacciò il corpetto e lasciò scivolare il vestito a terra, rivelandomi il corpo in tutto il suo splendore. Non avevo molte pietre di paragone e mi parve bellissima. Forse si accorse di come la stavo guardando, lì, addossato alla porta, con gli occhi sgranati e la bocca aperta, e il suo sorriso si addolcì.

"È la prima volta, vero?" mi chiese, mentre avanzava verso di me ancheggiando, con indosso solo gli stivaletti stringati col tacco alto.

"No!" gracchiai, guardandomi intorno alla ricerca di una via di fuga che non c'era. Lei inarcò le sopracciglia e inclinò la testa di lato, piazzandosi davanti a me con le mani sui fianchi, in attesa della verità.

"Non so se ho abbastanza soldi, signora. Forse è meglio che torni un'altra volta."

Alzò gli occhi al cielo, poi si inginocchiò davanti a me e prese a sbottonarmi i calzoni sotto il mio sguardo allucinato. Tremavo e stavo per andare in iperventilazione, tanto il mio respiro era affannoso. Sì, tu ridi, io stavo iniziando a vedere macchie nere dappertutto, sai che figure di merda se fossi svenuto? Quando mi insinuò la mano nei pantaloni, invece, smisi del tutto di respirare. Trasalii come se mi avessero sparato e mi schiacciai ancora di più contro la porta con la schiena, artigliando il legno con le mani.

"Rilassati, siamo qui per divertirci, no?" mi disse, ridacchiando. "Mmmm, niente male davvero, ci avrei scommesso!"

Avvolse le dita attorno al mio coso, estraendolo dai pantaloni, poi si sporse in avanti e me lo prese in bocca. Successe quello che doveva succedere. Credo di aver urlato, so che le mie gambe cedettero e mi ritrovai in ginocchio, con lei che me lo succhiava con energia e mi lanciava occhiatine divertite. *Merda*, mi dissi, *non sono durato nemmeno un minuto, chissà cosa penserà...*

"Non ti preoccupare, è normale. Vai a coricarti sul letto, adesso inizia il bello."

Non potevo crederci: mi dava una seconda possibilità?

Mi alzai, reggendomi i pantaloni con una mano, le gambe come due gelatine e raggiunsi il grande letto in cui tutto era bianco. Sembrava eccezionalmente pulito e fu piacevole coricarsi sulle lenzuola fresche e fruscianti. Mi sentivo stordito ed esausto, e la sonnolenza si stava impadronendo di me. D'altronde la notte appena passata avevo dormito sì e no tre ore, ero distrutto. Non me ne diede il tempo. Si abbassò su di me e mi spogliò con metodo, accarezzandomi il petto, le cosce, avvicinandosi sempre di più all'inguine, sotto il mio sguardo preoccupato. E se non fossi più riuscito a fare niente? Che figura ci avrei fatto? Forse era davvero meglio andarsene e non pensarci più. Eppure… la volevo ancora. Volevo tentare di essere quello che guidava il gioco, come tante volte avevo fantasticato. Quando si coricò al mio fianco, senza mai smettere di toccarmi, mi voltai e presi a fare lo stesso. Poterle finalmente toccare il seno mi mandò di nuovo su di giri e suscitò il suo fischio di ammirazione.

"Già pronto! Niente male, ragazzino. Come ti chiami, a proposito?"

"Mi chiamo Raistan, signora."

Lei rise come se avessi fatto la battuta più divertente del mondo e si sporse per darmi un bacio sulla guancia.

"Sei un giovanotto beneducato, Raistan, e io ne incontro raramente, ahimè. Questo giro lo offre la casa, giusto per avermi chiamato "signora". Non succedeva da secoli, ragazzo mio. Allora, cosa posso fare d'altro, per te? Puoi avere quello che vuoi."

Già, peccato che io non sapessi che cosa volevo, esattamente. Notò la mia esitazione, mi tese le braccia e mi indusse a sovrastarla, cingendomi la vita con le gambe e accarezzandomi i fianchi. Il mio affare trovò la strada che bramava e la sentii sospirare, per poi afferrarmi le chiappe e guidare i miei movimenti in modo che soddisfacessero entrambi. Passai dalla frenesia iniziale a un ritmo più lento, e dalla paura all'euforia; provai anche un impeto di gioia pura e di gratitudine per quella meravigliosa creatura che si stava prendendo cura di me, e mi abbassai sul suo viso per baciarla, ma lei voltò la testa e prese a baciarmi il collo, invece.

"Niente baci sulla bocca, mi dispiace, tesoro" mi disse, ansimando. Non ero nelle condizioni di crucciarmene troppo. Seguendo le sue indicazioni e i suoi incoraggiamenti raggiunsi di nuovo il culmine, poi rotolai sulla schiena e chiusi gli occhi, il respiro corto, il corpo imperlato di sudore.

"Allora? Ti sei divertito?" mi chiese, giocherellando con la striscia di peli che dall'ombelico mi scende là sotto.

"Molto. Ehm…"

"Cosa?"

"A voi è piaciuto? Insomma…"

Rise di nuovo e di nuovo mi baciò sulla guancia.

"Ma quanto sei adorabile? Comunque, smettila con questo "voi", sono una puttana, non la regina! E… sì, niente male davvero, hai la stoffa per diventare un grande!"

Sentii il viso prendermi di nuovo fuoco, ma sorrisi. Era ora di andarmene, lo sapevo, ma non riuscivo a trovare la forza di alzare le chiappe da quel letto. Lei invece si era alzata e si stava lavando, senza preoccuparsi della mia presenza nella stanza. Chiusi gli occhi e mi appisolai, ma fui svegliato dopo pochi minuti dalle sue carezze sul capo.

"Devo lavorare, e tu devi tornartene a casa. Ma puoi tornare, se ti va."

Mi andava.

Nelle settimane che seguirono le feci visita ancora quattro o cinque volte. Mi insegnò parecchi trucchetti interessanti, cose che a detta sua facevano impazzire le donne; soprattutto imparai a preoccuparmi prima del loro piacere, poi del mio. L'ultima volta, ricordo, raggiunse l'orgasmo, uno vero, e mi baciò con dolcezza sulla bocca, fregandosene delle regole della sua professione.

"Questa è stata davvero buona, tesoro. Promosso a pieni voti."

Risi anch'io e le diedi appuntamento alla volta successiva. Che non venne mai. Quando tornai, non la trovai più. La porta della sua casa era sbarrata e nessuno seppe dirmi dove fosse andata. Continuai a cercarla per parecchio tempo, sostando a volte per ore davanti alla sua porta, in un'occasione persino sotto una pioggia battente che mi infradiciò fino al midollo, poi mi arresi, e piano piano mi dimenticai di lei. Qualche anno dopo mi sposai, e Dorothy la puttana fu solo un'immagine sfocata del mio passato.

Quindi devo ringraziarti, lycan. È stato bello ritrovarla, e ritrovare quel tempo in cui tutto era ancora possibile, e luminoso, e fresco. Persino le lenzuola del letto di una battona."

Greylord tace, e mi allunga l'ennesima canna. A volte il silenzio è la cosa migliore, vero, caro lettore?

THE BLACK SWAN

Ricordate quella mia chiacchierata con Greylord in cui gli rivelavo i dettagli della mia prima volta come umano? Credete che le sue domande si siano limitate a quello? Neanche per idea. La conversazione è continuata con richieste ancora più imbarazzanti. Gli è andata bene che, come lui, ero parecchio sbronzo e non mi dispiaceva ricordare i bei tempi andati. Succede ai vecchi, non è così, caro lettore? Stessa scena, stessa stanza, stesso divano di casa sua, su cui ci siamo stravaccati parecchie ore prima e da cui non abbiamo intenzione di alzarci tanto presto. Come spesso accade quando sono con lui, mi sento bene, in pace e rilassato. Raccontargli quello che vuole mi sembra il minimo per ricambiare il modo in cui mi fa sentire. Ecco cos'ha voluto sapere il bastardo.

"Ma… ma tu…"

"Ma io cosa, lycan? Cos'è, un interrogatorio?"

"Dai, Odie, non fare il prezioso!"

Sbuffo, ma la sua curiosità mi diverte in realtà e lo invito a continuare con un gesto della mano.

"Dico, ehm… a te piacciono anche i maschi, giusto?"

Scrollo le spalle, trattenendo il ghigno che vorrebbe affacciarmisi sul viso e fissandolo impassibile. Vederlo imbarazzato è molto divertente.

"Non posso negarlo. Quindi?"

"Ma… dipende dal fatto che sei quello che sei oppure ti piacevano anche prima? Insomma, siete tutti mezze checche oppure è una tua prerogativa?"

Adesso è lui quello che mi guarda divertito, per poi scoppiare a ridere e polverizzarmi una coscia con una manata. Il mio cipiglio non pare impressionarlo molto, perché continua a ridere imperterrito.

"Non sono una mezza checca. Sono semplicemente liberale nelle mie frequentazioni, come tutti gli appartenenti alla mia razza, chi più chi meno. Da umano non ho mai avuto certi impulsi, devo ammetterlo, ma immagino che fossero sepolti in me da qualche parte e che la mia… condizione li abbia fatti emergere. E anche allora… non ci pensavo, fino a quando non ho incontrato quel tipo. The Black Swan. Il Cigno nero. Uno degli uomini più belli che abbia mai visto, devo dirlo."

"E com'è successo? E quando?"

"C'era… c'era stata questa festa alla Corte di Francia, intorno al 1700… 91, 92, non ricordo di preciso. Io frequentavo assiduamente una cortigiana di Re Luigi XVI e, anche se i fasti precedenti alla Rivoluzione erano svaniti, i pezzi grossi di tanto in tanto si concedevano ancora qualche sontuoso divertimento. '*Chi vuol esser lieto sia, del doman non v'è certezza*', sai com'è… un ultimo glorioso bagliore prima del buio. Giselle mi aveva invitato, approfittando del fatto che sarebbe stato un ballo in maschera e nessuno avrebbe fatto caso a me. Pensava che sarebbe stato divertente, insomma. Lo fu, almeno per me, visto quello che accadde. Le Tuileries non erano sontuose come Versailles e molti degli arredi più preziosi erano già spariti, depredati da chissà chi, ma c'erano saloni immensi con soffitti riccamente affrescati, da cui pendevano lampadari che brillavano di mille candele e facevano rispendere ogni cosa. Non avendo mai frequentato quegli ambienti, rimasi notevolmente impressionato, non posso negarlo. Non indossavo un vero e proprio costume, solo una maschera, e mi aggiravo fra gli ospiti osservandoli e captando pensieri qua e là. Giselle, che amava molto occasioni come quelle, aveva tentato più e più volte di convincermi a ballare, ma io ero solo il figlio di un mercante fuggito da casa a sedici anni, che si era guadagnato da vivere fino al momento del… cambiamento facendo il carbonaio. Nessuno aveva mai pensato che danzare sarebbe stato importante, per il mio futuro. Non lo era, infatti. Dopo un'oretta trascorsa insieme, dunque, ci eravamo separati. La tenevo d'occhio, si capisce, ammirando la sua disinvoltura, il modo con cui passava da un cavaliere all'altro come un'ape tra i fiori, ascoltando la sua risata che mi piaceva molto e donava allegria anche a me, ma preferivo la mia condizione di osservatore. Pensavo che avrebbe potuto scapparci una cena interessante, anche. I candidati non mancavano di certo. A un tratto le porte del salone si spalancarono ed entrò *lui*. Cazzo, che costume, lycan, una roba mai vista.

Un cigno nero, come ti ho detto, e con la stessa eleganza. Gli invitati si lasciarono sfuggire un *'oooohhh'* corale di meraviglia e si aprirono per lasciarlo passare. Era molto alto, quasi come me, e capii subito che non poteva trattarsi di una femmina, anche se il viso, truccato con il caratteristico disegno dei cigni, era molto delicato. Un codazzo di femmine adoranti lo seguiva, come fossero state i suoi pulcini.

"È venuto! È venuto davvero! Non erano soltanto voci!" sussurrava la folla. Incuriosito, raggiunsi Giselle per chiedere informazioni sul nuovo arrivato, che nel frattempo stava rendendo omaggio al Re e alla Regina. Lei se lo mangiava con gli occhi, ricordo, e non era la sola. Si poteva dire lo stesso di tutti i presenti, maschi e femmine.

"Chi sarebbe il pennuto?" chiesi alla mia dama, che mi guardò scandalizzata.

"Ma come, non lo conosci? È Jean Le Courbet, la stella del Teatro Nazionale! Ma dove vivi?" mi liquidò, rivolgendo un'altra volta la sua totale attenzione al nuovo arrivato. Non so tu, ma non ho mai capito cosa porti la gente a perdere la testa per i personaggi famosi. Li adorano solo perché non li conoscono di persona, dico io. Una volta che hai sentito il tuo idolo ruttare o andare al cesso, addio mito. Ma gli umani hanno questo disperato bisogno di credere in qualcosa, chiamalo Dio, chiamalo rockstar... bah. Incomprensibile, per me. Non c'è niente e nessuno in cui valga la pena credere..."

"Hai finito di fare il filosofo? Vai avanti!"

"Oh, scusa se ti sto facendo perdere tempo, sei così impegnato... era per farti capire meglio il mio atteggiamento di quella sera, che poi fu proprio quello che me lo fece conoscere. Mentre tutti gli si affollavano attorno, io mi ritirai in disparte su un lato della sala, da cui potevo osservare ogni cosa indisturbato. Reggevo un calice di vino, ma ne traevo solo una stilla di tanto in tanto, per non destare sospetti. A parte i servitori, ero l'unico per conto proprio e lui non mancò di notarlo, evidentemente. Nel frattempo, io avevo adocchiato una femmina che avrebbe potuto costituire una cena soddisfacente e aspettavo di averla a tiro. Quattro smancerie e l'avrei fatta mia, ma non nel modo che lei avrebbe sperato, ne sono certo. La musica era ripresa e l'assembramento attorno al gallinaccio era un po' meno pressante, ma al momento avevo occhi solo per il mio spuntino. Un'insignificante giovane umana sepolta sotto strati e strati di tessuto, bella in carne, dall'aria ingenua. Mi faceva venire l'acquolina in bocca. Poi, una voce mi indusse a voltarmi: "Voi non amate il teatro, *monsieur*?"

Ed eccolo lì, il cigno, sempre tallonato dalle sue pollastre. Gli occhi, con il trucco nero che si allargava in due ali fin sulle tempie, mostravano una sclera rossa particolarmente inquietante. Mi stava rivolgendo un vago sorriso che non ricambiai.

"Amo le storie, ma non sempre chi le racconta" gli risposi, riportando la mia attenzione sulla donna di cui volevo cibarmi.

"Ma senza chi le racconta non potrebbero prendere vita…" mi disse. A parte una breve occhiata iniziale, non lo avevo più degnato di uno sguardo, temendo che l'umana si defilasse.

"Sono certo che potreste aspirare a qualcosa di meglio". Il sussurro mi giunse da brevissima distanza dall'orecchio; quando mi voltai, notai che mi si era avvicinato fino a sfiorarmi il braccio con le piume e che stava seguendo la direzione del mio sguardo con aria divertita. Mi ci volle qualche istante per cogliere il pesante sottinteso contenuto nella sua frase, e in qualche modo fu un piccolo shock. Fino a quel momento non avevo mai pensato di poter costituire un interesse per qualcuno che non appartenesse al sesso opposto, né avevo mai provato alcun genere di attrazione per un altro maschio. Devo ammettere che rimasi senza parole per qualche istante. La maschera celava lo sconcerto emerso sul mio volto, ma lui dovette coglierlo ugualmente, perché sorrise, fissandomi con tutta calma, come in attesa.

"Senti un po', razza di un pollo troppo cresciuto..." ringhiai, simulando un'ostilità che a dire il vero non provavo, ma non feci in tempo a finire la frase perché lui sgranò gli occhi e scoppiò a ridere, quasi facendosi cadere il bicchiere dalla mano piumata. Quando si riprese, si voltò e si diresse verso una porta sul fondo del salone, lanciandomi uno sguardo inequivocabile per invitarmi a seguirlo.

Al diavolo, mangerò lui, pensai, e mi feci largo tra la folla per raggiungerlo. Oltre la soglia si apriva un'altra stanza, e al di là di questa, un'altra ancora. Era lì che lui mi attendeva, nella penombra e nel silenzio. Solo adesso che potevo di nuovo assaporarli mi resi conto di quanto mi fossero mancati. Tre candele come unica illuminazione, e andava bene così. Eravamo in un grazioso salottino, con poltrone rivestite di seta dorata e un enorme specchio al di sopra del camino spento; l'unico suono, a parte l'eco lontana della musica nel salone, era il ticchettio di un orologio sopra la mensola del focolare.

Senza dire una parola, Jean Le Courbet prese a sciogliere i lacci del costume piumato, gli occhi fissi nei miei; io sollevai la maschera e lo vidi sorridere.

"Che ti sei messo in testa, uomo?" gli chiesi, restando nei pressi della porta, dicendomi che non ero davvero attratto da quello che vedevo, dalle porzioni sempre più ampie di pelle che il costume scopriva, dal tendersi e contrarsi dei muscoli svelati a tratti mentre la svestizione proseguiva. Lui non mi rispose. Lasciò semplicemente scivolare a terra il vestito e rimase nudo, immobile davanti a me, sempre con quel vago sorriso. Non emanava paura, solo calma e una vaga curiosità. La felicità per aver provato sorpresa, per una volta. Il desiderio di essere guardato davvero, tanto per cambiare. Non per il suo nome, non per la pelle del cigno che, volente o nolente, si portava sempre cucita addosso. Solo perché Jean era Jean.

E io, beh... smisi di lottare contro me stesso e le convenzioni umane che mi portavano a pensare che non dovessi provare quello che stavo provando e ad apprezzare quello che stavo vedendo. Fanculo il senso di colpa, in ogni sua forma. Quello sì che è puro veleno.

Fu così che mi avvicinai, simulando una sicurezza che non possedevo, portandomi di fronte a lui e restando lì con le mani in tasca, nell'attesa della sua mossa successiva. Temevo la sua reazione quando si fosse accorto del gelo della mia pelle, più che altro per le spiacevoli conseguenze che una simile scoperta avrebbe potuto avere. In ogni caso ero pronto a prendere i provvedimenti necessari perché non ci fossero problemi. Anche i più estremi.

Il suo respiro divenne più pesante, mentre mi liberava della giacca e del gilet e passava ad aprirmi la camicia sul petto. Il mio era assente come al solito. Se si era accorto della stranezza dei miei occhi, non me lo fece notare, ma quando la sua mano si posò sul mio torace lo vidi trasalire e sgranare gli occhi. Percepii i miei muscoli tendersi per la tensione e dovetti impedire che un ringhio minaccioso mi fluisse dalla bocca, mentre venivo colto da una strana malinconia, come se già rimpiangessi ciò che non era ancora successo. La mia seconda pelle non era da cigno, piuttosto da serpente, eppure anche io avevo il desiderio che si guardasse al di là di essa, proprio come lui.

"Sei una continua fonte di sorprese, *mon ami*. Potrei amarti, per questo" disse, e mi liberò anche della camicia, percorrendo il mio corpo con uno sguardo soddisfatto. Io stavo facendo la stessa cosa col suo e apprezzavo quel che vedevo. Era magro, ma armonioso e ben fatto, con mani delicate e splendidi capelli neri che gli scendevano sulle spalle in onde morbide. Sentivo il suo cuore battere veloce. Per fortuna, lui non poteva accorgersi dell'immobilità del mio. Fu lui a colmare la distanza residua che ci separava. Lui ad affondare le mani nei miei capelli, sulla nuca, e a premere le labbra contro le mie, inducendomi ad aprire la bocca per esplorarla con la lingua. Se ne staccò con precipitazione, facendomi irrigidire di nuovo, ma tutto quello che fece fu scrollare la testa e baciarmi ancora. Risposi al bacio, questa volta, e posai le mani sul di lui, strappandogli un lamento forse di piacere, forse di disagio. Si separò da me solo per prendermi per mano e portarmi con sé mentre si allungava sul pavimento ricoperto da un folto tappeto. Tremava, mentre lo faceva, gli occhi sempre fissi nei miei a trasmettermi urgenza e desiderio, quasi fame, come se stesse strappando quei pochi momenti a una vita di reclusione che diventava sempre più opprimente, anche se le sbarre della sua prigione erano d'oro.

"Portami via…" disse, e c'era una supplica nella sua voce e nei suoi occhi che decisi di soddisfare come un dio benevolo ma in fondo mutevole. Avrei potuto portare piacere come dolore, tormento o estasi. Una stilla di vita, oppure la morte. Non avevo ancora deciso. Sapevo solo che la sua sottomissione mi eccitava come mi era successo raramente, anche se il mio corpo non se n'era ancora reso conto appieno. Mi liberai del resto dei miei indumenti, poi lo sovrastai, tenendomi sollevato con le braccia per guardarlo. Lui era pronto, mentre io avevo ancora bisogno di un certo incoraggiamento, da quelle parti. Non si fece pregare. Invertimmo le posizioni e lui prese possesso del mio cazzo con le mani e con la bocca, mentre io tenevo la testa sollevata da terra e non facevo che guardarlo, chiedendomi se fosse solo un sogno bizzarro o la realtà. Solo che non bastava. Volevo di più e su quello eravamo perfettamente d'accordo.

"Come ti piace farlo?" mi chiese, gli occhi resi liquidi dal desiderio.

"A lungo" risposi, non potendo confessare che fosse la prima volta in quel campo, per me. Lo indussi a sdraiarsi di nuovo. Non avevo nessuna intenzione di ricambiare il favore in termini di succhiate. Quello no. Avrebbe messo troppo in discussione l'immagine... virile che avevo di me stesso, allora. Cercai dunque l'unica strada possibile, ma lo feci con un po' troppa foga, perché lui urlò e mi piantò le unghie nelle spalle. La parte più selvaggia di me stesso apprezzò quella reazione, ma non volevo che finisse troppo presto e mi trattenni quel tanto che bastava perché diventasse piacevole per entrambi. Ancora i suoi occhi fissi nei miei, le sue mani aggrappate ai miei capelli, o ad accarezzarmi la schiena con frenesia. Quando venne, mi abbassai su di lui e lo morsi, traendo lunghe sorsate del suo sangue senza che quasi se ne accorgesse. Quello era il confine. Quello era il momento in cui la sua vita dipendeva interamente da me. Staccai la bocca dal suo collo e lo baciai con le labbra ancora grondanti del suo sangue, intensificando le spinte e unendo i miei gemiti ai suoi finché l'orgasmo non mi travolse, spedendomi una scarica di piacere lungo la spina dorsale e in ogni fibra del corpo, fino ad abbandonarmi sopra di lui che ansimava sotto di me e mi accarezzava la schiena, almeno fino a quando non lo sentii piangere.

"Ehi, galletto, che ti prende adesso? Ti ho fatto male?" gli chiesi, tornando a sollevarmi sulle braccia. Non mi ero ancora staccato da lui. Non era un brutto posto dove stare.

Tentò un debole sorriso, ma non ci riuscì molto bene.

"No, è stato bellissimo, scusami... è che... non posso tornare di là. Non ce la faccio più."

Sapevo che non si riferiva soltanto alla serata in corso, ma mi limitai a un prosaico "allora trovati un'uscita secondaria e dattela a gambe"

"Vorrei che ci fosse. Lo vorrei tanto", mi rispose, poi si alzò e tornò a indossare il suo costume, mentre io mi rivestivo con tutta calma. Sentivo il suo sguardo su di me, ma scelsi di non ricambiarlo. Non volevo diventare la sua personale spalla su cui piangere, poco ma sicuro.

"Posso sapere come ti chiami, almeno?" mi chiese.

Glielo dissi, poi gli rivolsi un leggero inchino e lasciai la stanza. Forse ci sarebbero state altre cose che avrebbe voluto dirmi, o che avrei potuto dirgli io, ma non successe. Sei mesi dopo Giselle mi disse che era morto, travolto da una carrozza, forse ubriaco o in preda ai fumi dell'oppio. E, forse, senza aver fatto nulla per evitarlo. Questa è la storia, lycan. E, sì, a volte non vorrei essere lo stronzo che la vita mi ha portato ad essere, ma il Cigno nero sarebbe morto lo stesso. Perché un essere che dispensa morte non può essere la salvezza per nessuno, né lo desidera."

STRANGE DAYS

Qui siamo nel regno del 'perché no', caro lettore. Uno dei miei posti preferiti.

Rimpatriata a casa di Greylord.

Lo scenario lo conoscete. Casa sua, soggiorno, divano. Un film in TV di cui non ricordo il titolo. Casino ovunque, con portacenere ricolmi, lattine di birra e sacche di sangue vuote sparse per terra, una bottiglia di vodka quasi esaurita e una sensazione di pace e di completezza che ho sperimentato spesso quando ci troviamo, ma raramente in senso assoluto, nella mia lunga vita. Quella meravigliosa consapevolezza di non voler essere da nessun'altra parte per alcun motivo al mondo, e con nessun altro. Questo è l'effetto che mi fanno quei pochi amici che ho, Greylord in testa.

L'unica cosa differente rispetto alle altre volte sono le nostre posizioni sul sofà: di solito sono io quello che si allunga con le gambe sopra il lycan, seduto a uno dei capi del divano; adesso invece ci siamo scambiati, forse perché lui è più ubriaco di me e ha bisogno di stare sdraiato, non lo so, non è importante. Quello che so è che la mia mano, come animata di vita propria, si mette a fare su e giù sulla coscia del bestione. Sta parlando, ma non so di cosa.

I movimenti ripetitivi mi ipnotizzano, e mi piace il contatto con la stoffa dei suoi jeans. Il calore che la sua gamba emana, contro la mia pelle fredda. Sono come umani con la febbre. Caldissimi. In me si è svegliato un folletto maligno e un po' perverso, e sto aspettando di vedere quando Greylord mi fermerà. Perché sono sicuro che succederà. Lo sto solo stuzzicando un po', sapete. *Anything goes,* in certi momenti.

E infatti…

"Mi stai accarezzando una gamba, vampiro."

"Immagino di sì."

"Perché?"

"A dire il vero non lo so. È a portata di mano. Ti dà fastidio?"

Si mette a ridere, e io lo seguo a ruota. Ma la mia mano non si ferma, anzi, sale di qualche spanna. E lo guardo, e lui smette di ridere, e ricambia lo sguardo.

"Tu sei pazzo, lo sai? E siamo entrambi ubriachi persi. Smettila. Siamo seri."

"Va bene. La smetto. Ma tu riesci ad essere serio?"

"Non la stai smettendo."

"No. E tu non sei serio."

Un vago sorriso aleggia ancora sul suo viso, e gli occhi azzurri gli si sono fatti più scuri, come un cielo tempestoso. La mia mano gli atterra sul pacco, e lì si ferma. Lo fisso, e lui fissa me, e sento che il gioco sta per cambiare, ed è maledettamente eccitante. Non lo avevo mai considerato sotto quel punto di vista, Greylord, anche se sapete bene che mi piace sconfinare. Ero convinto che non piacesse a lui, lo aveva ribadito tante volte, e spesso mi prendeva in giro per questa mia… larghezza di vedute. Ma adesso, in questa stanza in penombra, tutto è diventato più… morbido, nella mia testa. E facile.

Sto respirando, e non è una cosa che faccio spesso, e il tempo sembra essersi fermato. Se mi allontanerà la mano mi fermerò, ci faremo una bella risata e tutto finirà qui. Ma lui non fa niente, e il movimento che ho sentito sotto il palmo, proveniente da quella parte di lui, mi catapulta nel mondo del "tutto è possibile".

"Dai i numeri, è ufficiale. Piantala, o te la stacco" borbotta. Occhi negli occhi.

"Tu non vuoi che io la pianti. Il tuo amico nei pantaloni è più sincero di te, lycan."

Si alza a sedere di scatto e mi afferra alla base dei capelli, sulla nuca, avvicinando il viso al mio. Io non muovo un muscolo. Stiamo solo chiarendo i ruoli, e per questa volta può anche andar bene così. Di solito non sono passivo con gli altri maschi, ma l'ho lasciato succedere. Perché mi andava. Perché le persone con cui l'ho fatto meritavano quel privilegio.

Si lascia sfuggire un ringhio basso e minaccioso dalla gola, e mi mostra i denti, denti ancora umani, ma fa paura lo stesso. Oddio, non a me. Io lo trovo eccitante, e anche il mio, di amico nei pantaloni, si è svegliato.

"Credi che io sia uno di quei froci che ti scopi di solito? È questo che pensi di me?" mi sibila, intensificando la presa sui miei capelli e scrollandomi un po'.

"No, Comandante. Non lo penso."

"Potrei trasformarmi, qui e adesso, e farti a pezzi, lo sai, vero?"

"Sì, lo so. Riconosco il tuo potere, e mi inchino davanti ad esso."

"Allora fallo."

Non so che faccia ho, a questo punto, so che mi sfugge una specie di risata distorta, che lui stronca con un altro ringhio. Cerca di spingermi in ginocchio davanti a sé, ma si sa che la loro forza da umani non è niente di speciale. Se non volessi non ci riuscirebbe. Ma voglio. Cazzo, se lo voglio. Sto per venire nei pantaloni solo per quella manifestazione di potere, con la mia natura di predatore che lotta per uscire allo scoperto, ma viene soffocata perché così ho deciso. Tutto quello che devo fare è lasciarmi andare. Arrendermi a lui, con il brivido che tutto questo comporta. I modi e i tempi sarà lui a sceglierli. Così sia. Oh, così sia.

"Se me lo scortichi con i denti ti stacco la testa, hai capito?"

"Non succederà. Lasciati andare. Lasciami fare."

"Lo hai già fatto altre volte, questo, puttanella?"

"Io ho fatto qualsiasi cosa, lycan. Adesso taci. O parla, fai quello che vuoi. Sei tu che comandi."

"Davvero?"

"Sì, Comandante. Sì. Per ora."

Ringhia di nuovo quando glielo prendo in bocca, e la sua stretta sui miei capelli diventa dolorosa. Alzo una mano per toccare la sua, e la presa si allenta, permettendomi di concentrarmi su quello che stavo facendo, e sulle sensazioni che mi dà e che non provavo da un po'. Strane, molto strane. Non per il contatto, ma per come mi fa sentire. Debole, eppure potente allo stesso modo. Non è lui a guidare il gioco, in fondo. Sono sempre io. Nessuno è più vulnerabile di colui che ha il cazzo infilato nella bocca di qualcuno. Lui alza e abbassa il bacino a ritmo con i miei movimenti, ansimando e ringhiando e borbottando frasi incomprensibili in una lingua che non gli avevo mai sentito usare. Gutturale, raschiante. Devo ricordarmi di chiedergli che cosa fosse. So solo che è eccitante. Con una mano raggiungo il mio sesso, all'erta già da un bel po', per attenuare la smania che mi divora. C'è il rischio che perda il controllo e lo morda davvero. Quello che non mi aspetto è che mi spinga via. Mi coglie una staffilata di tristezza, perché credo che abbia deciso che il gioco è finito, e che si alzerà e se ne andrà.

"E dai, Grey-bello…" dico, ansimando e facendomi di nuovo sotto. Mi spacca un labbro con un manrovescio improvviso e mi afferra di nuovo per i capelli, il bastardo. E fa male, questa volta. Un ringhio è scappato anche a me.

"Non chiamarmi Grey-bello. Togli quei cazzo di vestiti e non osare ribellarti."

Ghigno malefico che mi affiora sul viso. Maglietta che ricade accanto a me, seguita dal resto. Lui non si toglie nulla, ma mi si piazza alle spalle e mi spinge a terra, carponi, facendomi scorrere le unghie sulla schiena tatuata e sulle cicatrici che lui stesso ha provocato.

"Un bel lavoro…" dice, e non so se si riferisca al disegno o a quello che mi ha fatto lui. Forse a entrambe le cose. Dopo, il suo tocco diventa più gentile, con le mani che mi accarezzano i fianchi e le natiche, e il suo respiro si fa ancora più affannoso, unendosi al mio, molto più disordinato e irregolare.

"Muoviti, cosa stai aspettando?" gli sibilo, perché l'attesa mi sta facendo impazzire. Le carezze si trasformano di nuovo in unghie affondate nella carne, poi sento il contatto del suo corpo sulla schiena, ed è come essere avvolti da una coperta termica. Passa con le braccia sotto le mie e intreccia le dita sulla mia nuca, intrappolandomi in una presa ferrea e costringendomi a sollevarmi con lui. Adesso il suo viso è a poca distanza dal mio, e se volto la testa posso guardarlo. Se alzo le braccia, poi, posso circondargli il capo e godermi il meraviglioso calore che il suo petto contro la mia schiena mi trasmette. Lascio che il suo tocco mi scenda sul ventre e poi risalga sul torace, e poi di nuovo giù, ma devo prendergli io le mani e guidargliele sul mio affare, perché si decida a toccarlo. Non ha mani morbide, da femmina. La pelle dei palmi è e dura come cuoio, le dita ruvide, e le sensazioni che mi trasmette là sotto sono sconvolgenti.

"Fai come se fosse il tuo..." gli dico, percependo la sua esitazione.

"Cristo, vampiro, c'è da non crederci, per come sei freddo..."

Vorrei rispondergli, ma non ne sono più in grado, posso solo tenerlo avvinto contro di me in quello strano modo, con il mento appoggiato alla mia spalla, le braccia attorno alla mia vita e le mani a donarmi estasi e sofferenza insieme, perché con una mi sta artigliando le palle e potrei quasi svenire per il dolore, ma sono troppo in là per dirgli di smettere. Sento anche il suo uccello premermi sulla parte bassa della schiena, e il pensiero di quando lo avrò dentro è quello che mi manda in orbita definitivamente. Sento Greylord gemere a sua volta, poi vengo travolto dall'orgasmo, che mi fa prima inarcare la schiena e poi crollare in avanti, di nuovo carponi, con i capelli che sfiorano il pavimento e mi nascondono il viso, contratto in una smorfia in cui dolore e piacere si mescolano. Urlo e ringhio, e lo faccio ancora quando lo sento frugarmi dietro, per trovare la strada, e voglio che succeda, ma all'improvviso ho anche un po' di paura. Brutti ricordi cercano di affiorare, e rendono la mia voce tremante.

"Piano lycan, fai piano, cazzo..."

"Lo hai voluto tu, stronzetto pallido. Zitto."

"Piano, Greylord, piano..."

***

"Raistan, svegliati, stai sognando!"

Oh. Cazzo. Che cazzo di sogno. Apro gli occhi e trovo il lycan a fissarmi dall'alto con espressione perplessa. Sono steso sul suo divano, ma sono vestito. Sento il mio allegro compagno di giochi premere contro i jeans e piego un po' le gambe verso il petto, perché Greylord non se ne accorga.

"In che senso, 'piano'? Cosa stavi sognando?"

"Ehm... non ricordo un granché. Che ore sono? Devo tornare a casa."

Mi alzo di scatto ma barcollo per un attimo, poi ridacchio. Se sapesse...

"È quasi l'alba, non fai in tempo. C'è la solita camera che ti aspetta, e vedi di non rovinarmi anche questo copriletto. È nuovo. Allora? Che sogno era? Perché mi dicevi di fare piano?"

"Te l'ho detto, non ricordo. A volte sogno Stonehouse, quello che è successo allora."

"Non sembrava che stessi soffrendo. Sembrava che stessi scopando, ma eri anche spaventato. Per quello ti ho svegliato."

"Sì, beh. Devo andare al cesso."

"A fare che? Ti si è rimesso in moto l'impianto idrico?"

Gli mostro il dito e mi alzo, e lui come sempre ride e tenta di abbattermi con una manata sulla schiena. Eccomi in bagno. Devo calmare il mostro nei pantaloni. Cazzo, in fondo sono contento che sia stato solo un sogno. Rovinare serate come questa con implicazioni diverse sarebbe un delitto. Solo perché, come dice lui, sono un maniaco, non giustifica certe stronzate. Ok, sono calmo. Uscirò dal bagno, ci faremo ancora un goccetto, e poi me ne andrò a dormire. E, cazzo, cercherò di dirigere altrove i miei sogni.

"Succhiasangue, sei morto, lì dentro?"

"Certo che sono morto, te ne accorgi adesso? Arrivo!"

Ride, e io sento di amarlo. E se fra qualche decennio arriveremo anche a questo, forse sarò pronto. Lo saremo entrambi. Forse. O forse no. Per ora mi godo quello che ho. E non desidero altro. È il segreto per essere felici.

NEVE

Riflessioni e ricordi durante il drammatico periodo in cui sono stato prigioniero dei servizi segreti francesi, negli anni '90. Pensavo che non l'avrei vista mai più, la neve. Sarebbe stato un enorme rimpianto.

Mi hanno detto che siamo vicini a Natale, ma io non me ne sono reso conto, quest'anno.

Nel posto in cui mi trovo, tutti i giorni sono uguali. Non ho niente da raccontare, niente da condividere con nessuno, nessun progetto per queste Feste, né per i giorni che verranno, perché questa sarà la mia ultima destinazione. Mi hanno tolto tutto ciò che avevo e che ero, tranne i ricordi.

Non importa se non capite, prima o poi capirete.

Ripensavo in questi giorni a tutti i Natali trascorsi e cercavo di ricordarmene uno particolarmente piacevole, ma è difficile rimettere ordine fra 307 anni di memorie. Alcuni sono stati orribili, a dire il vero, ma nessuno lo sarà mai come questo, privo di ogni speranza. Tanti li ho passati con Shibeen e i suoi fratelli. Niente di paragonabile alle usanze umane, con case addobbate, invasioni di parenti e abbuffate interminabili attorno a un tavolo. Meglio così.

Soltanto risvegli dolci e pigri in un grande letto, abbracciati; qualche regalo che cambia di mano; pace e silenzio tutto attorno.

Ecco, forse il migliore che abbia mai passato è uno di questi e risale, credo, a una decina di anni fa.

Londra.

Quando siamo emersi dal sonno di morte l'abbiamo trovata bianca di neve.

Shibeen si era alzata prima di me, come fa di solito, e l'ho sentita squittire di gioia. Ha sempre adorato la neve, la mia creatrice. Piace anche a me, ma io non squittisco, quando la vedo. Però sorrido. Amo il modo in cui arrotonda e ammorbidisce ogni cosa, e come attutisce ogni suono, tanto da spingerti a parlare piano per non disturbarla.

"Raistan, vieni a vedere, veloce!"

È molto generosa, Shibeen, e vuole sempre condividere le cose belle con chi ama. Gliene sono grato, ma avrebbe potuto aspettare altri cinque minuti. Odio che mi mettano fretta appena sveglio.

"È Natale e nevica. Non è perfetto? Dai, vestiti, dobbiamo assolutamente uscire a salutare la neve. Vado a chiamare i ragazzi."

"Shee…"

"Niente Shee, sbrigati! Ah, buon Natale, piccolo. Se stai bravo, più tardi avrai i tuoi regali."

È schizzata fuori e l'ho sentita chiamare a gran voce i suoi fratelli. E l'ho invidiata. Più di mille anni, e per certe cose è ancora una bambina. Fortunata lei, e fortunato io quando sono riuscito a farmi contagiare e ho visto le cose attraverso i suoi occhi. Ma non è accaduto spesso.

La porta si è di nuovo spalancata: "Che cosa stai facendo lì in piedi in mezzo alla stanza?"

"Cerco i vestiti, tu cosa pensi?"

"E credi di poterli evocare con la forza del pensiero? Muoviti!"

Meno di mezz'ora dopo eravamo riuniti tutti fuori, nel parco della villa. Doveva aver nevicato per tutto il giorno, perché lo strato bianco era alto almeno una ventina di centimetri e i fiocchi continuavano a scendere vorticosi. Sette figure nerovestite se ne stavano immobili come solo i vampiri sanno fare, a guardarla cadere.

"Bello. E adesso?" ho detto io.

"Adesso… questo." Sono stato raggiunto da un'enorme palla di neve in piena faccia, lanciata da Seamus, uno dei fratelli di Shibeen. Il più maturo, in teoria. È stato l'inizio di un'epica battaglia, durata ore, in cui ognuno di noi ha dimenticato ciò che era per tornare il bambino che era stato. E io non avevo mai avuto amici con cui giocare a palle di neve, quindi il divertimento è stato doppio. Sfrecciavamo qua e là come fulmini, cercando di coglierci di sorpresa a vicenda, usando gli alberi per nasconderci, a volte anche scalandoli per poi piombare addosso al malcapitato che transitava al di sotto.

Ricordo la risata di Shibeen, pura e cristallina nella notte bianca. Ricordo di aver provato un impeto di amore assoluto per lei, e di averla colta di sorpresa trascinandola con me dietro un cespuglio. La luce di un lampione le rischiarava il viso bianchissimo e i cristalli di neve intrappolati fra i capelli. Mi sorrideva, trasmettendomi amore, anch'esso puro e incontaminato come il manto bianco che ricopriva il mondo.

"Perché mi guardi così?" mi ha chiesto. "Voglio giocare ancora!"

"Solo un minuto. Volevo stare un attimo da solo con te."

Mi ha accarezzato il viso e mi ha posato un bacio delicato sulle labbra. Non so come la stessi guardando io, ma ho letto meraviglia nei suoi occhi. Era bellissima e perfetta e la sentivo mia. E mi sentivo suo. Per una volta, tutto era come dove essere. Dopo, alla sua meraviglia si è sostituita un'espressione che assomigliava alla paura.

"Che cosa c'è, piccolo? Stai bene?"

"Sì... solo... mi ami, Shee?"

"Certo che ti amo. Che ti prende?"

"Niente. Niente. Vuoi ballare con me, Shibeen O'Connor?"

Si è messa a ridere, ma ha visto la mia faccia e ha subito smesso.

Guardami davvero - volevo dirle.

"Ma... qui? Adesso?"

"Sì. Qui. Adesso."

Mi ha circondato il collo con le braccia e io l'ho presa fra le mie. Mi sono messo a canticchiare qualcosa e ho affondato il naso nei suoi capelli. Sapevano di vento. Gli alberi tutt'intorno ci proteggevano e stavano a osservarci in silenzio mentre giravamo su noi stessi lentamente, lasciando impronte scricchiolanti e immacolate. Lei mi accarezzava i capelli bagnati, il viso premuto contro il mio petto. Sapeva cosa provavo. Stupore. Pace.

Malinconia. Come se avessi saputo che quei momenti mi sarebbero serviti per sopravvivere, prima o poi. Quel prima o poi è arrivato, purtroppo.

"Stai tremando", ha sussurrato.

"Lo so. Sto bene. È un bel Natale."

"Anche per me. Andiamo dentro?"

"Sì, andiamo."

Ci siamo rifugiati in casa, bagnati fradici. Davanti al caminetto nella sua camera, avvolti in una coperta, a fissare le fiamme e a guardarci come se fosse la prima volta, e poi a letto. Non ricordo che cosa mi avesse regalato, ma quei momenti non li ho dimenticati e, vista la mia situazione, mi sembrano ancora più preziosi, anche se dolorosi come schegge di vetro piantate nel cervello. Eppure, dolci e pieni di rimpianto, come qualcosa che non tornerà. Vorrei solo rivederla. E rivedere la neve. Sentirne l'odore e il gusto.

Raccogline una manciata anche per me, caro lettore, e assapora ogni minuto della tua vita, anche se ti sembrano insignificanti. Non lo sono mai.

Ama, umano. Ama. E non dimenticarmi, se puoi.

LA BEVANDA NAZIONALE

Strane cose mi accadono a volte, mentre passeggio per la città. Di tanto in tanto qualcuno si accorge di me non soltanto per provare paura. Miss Langdon appartiene a quella categoria. Sono tornato a trovarla un paio di volte da allora, e il tè l'ho anche assaggiato.

"Giovanotto! Mi scusi… giovanotto!"

Londra. Quasi le sette di sera. Capisco che la voce si sta rivolgendo proprio a me quando la sua proprietaria mi si para davanti in tutto il suo glorioso metro e cinquanta di statura. Rimango talmente interdetto che non riesco a fare altro che fissarla con espressione vacua.

È una signora anziana, con un cappotto marroncino e un cappellino dello stesso colore. Assomiglia un po' alla Regina. Il piglio è altrettanto marziale.

"Ma è sordo?" mi chiede, con una punta di esasperazione nella voce; constatando la mia assoluta mancanza di reazione, tamburella col piede sul selciato, come a indicarmi che lei non ha tempo da perdere.

"Ehm… no. Desidera, signora?"

"Faccia il bravo e mi aiuti ad attraversare. E prenda questa, per favore. Pesa come un accidente."

Mi tende la voluminosa sporta che tiene in mano e mi affibbia persino un colpetto sul gomito fasciato nella pelle nera del cappotto per esortarmi a sbrigarmi. Come in trance, mi vedo allungare la mia, di mano, per prendere la borsa e mi ritrovo la vecchia attaccata al braccio, pronta ad affrontare indomita i pericoli del traffico.

"Andiamo? Mi sembra un po' imbambolato. È sicuro di stare bene?"

"Sì, io…"

Io sono un vampiro, donna, sono alto quasi due metri e trasudo pericolo e minaccia. E tu, fra tutti, hai scelto proprio me per questa buona azione da boy-scout del cazzo. Va bene, andiamo.

Lei cammina a passetti brevi e rapidi al mio fianco, impettita e fiera, con la sua piccola mano ossuta appoggiata al mio avambraccio e scocca occhiate minacciose agli automobilisti fermi al semaforo. Sembra quasi che sia lei a scortare me e non il contrario. Il pensiero mi fa sorridere e lei, per non sbagliare, scocca un'occhiata minacciosa anche a me.

Siamo quasi dall'altra parte della strada; i pedoni in attraversamento dalla parte opposta si scostano istintivamente al mio passaggio. Qualcuno rabbrividirà. Qualcun altro avrà spiacevoli flash mentali di cui si chiederà la ragione subito dopo. Altri proveranno uno strano senso di vertigine, che sparirà subito. Questo è l'effetto che facciamo alle persone, a meno di non attenuare la nostra aura negativa. Io non lo faccio mai. Mi piace suscitare paura. Questa donna deve avere i ricettori del pericolo disattivati, o non si spiega la sua disinvoltura nell'approcciarmisi. Anche la vista non dev'essere uno dei suoi sensi più sviluppati.

Voglio dire, basta guardarmi per decidere di girare al largo, aura o non aura.

Eccoci sul marciapiede opposto. Mi fermo e faccio per riconsegnarle la sua borsa, ma lei non sembra recepire il messaggio.

"È già stanco? Ahhh, i giovani d'oggi..."

"No, io pensavo che..."

"Ma lei è straniero? Ha evidenti difficoltà nell'articolare una frase completa. Da dove viene?"

"Dall'... ehm... dall'Olanda..." bofonchio, e quando lei riparte al trotto, sempre aggrappata al mio braccio, non posso fare altro che seguirla.

"Olanda! Ah, allora è scusato. Brutta lingua, da quelle parti, molto aspra. Lei cosa ne pensa? Parli lentamente e pensi alle parole che intende usare. Io ero un insegnante, sa."

"Io... normalmente me la cavo, con l'inglese. Signora, io dovrei..."

"Su, non sia scortese. Abito a pochi passi da qui, che cosa le costa accompagnarmi?"

"Ma io..."

"Quando arriveremo, per sdebitarmi le offrirò una bella tazza di the. Laggiù nelle vostre paludi non conoscete sicuramente il vero the inglese. La sfido a dire il contrario."

Ci manca solo il the.

"Non intendevo..."

"Bravo. Allora venga. È una brutta zona, questa. L'anno scorso un manigoldo ha tentato di scipparmi, lo sa? Una povera donna sola deve arrangiarsi come può..."

Non oso chiederle che fine abbia fatto lo scippatore. Non mi stupirebbe se lo avesse messo KO.

Per un po' camminiamo senza parlare. La vecchia ansima leggermente, ma non rallenta il passo. Ogni tanto sento il suo sguardo puntato su di me, ma non lo ricambio. Ho paura che si accorga dei miei occhi da rettile, visto che stasera, per pigrizia, non ho indossato le lenti a contatto.

"Siete tutti così di poche parole, nei Paesi Bassi?"

Sospiro.

"Non lo so, signora. Manca molto?"

"No, siamo arrivati. Casa mia è quella."

Mi indica il portone di legno di un edificio a due piani. La facciata è scrostata in diversi punti, ma il piccolo giardino sul fronte è ben curato.

L'umana apre il cancelletto, i cui cardini scricchiolano sonoramente, e mi fa segno di precederla, ma i miei piedi si rifiutano di collaborare.

"Devo andare, signora. Ecco la sua borsa."

Sul suo viso, lo sguardo arcigno lascia il posto a un'espressione delusa, ma solo per un attimo.

"Certo. Mi scusi se l'ho disturbata. Esco tutti i pomeriggi, sa? A volte faccio compere, altre volte cammino e basta. Il mio gatto è morto due settimane fa e da allora stare in casa mi intristisce moltissimo. Non ho parenti e non parlo mai con nessuno. È brutto diventare vecchi, mi creda. Mi dia pure la borsa, mi arrangio. Grazie ancora."

Adesso la guardo, e me ne frego se noterà i miei occhi. Vorrei dirle che lo so e che la capisco benissimo, perché io sono solo da trecento anni, ma non le dico niente di tutto questo. Dalla bocca mi escono parole che non avrei mai immaginato di pronunciare: "Ci prendiamo un bel tè?"

Le emozioni sul viso di questa vecchia sono come sprazzi di sole in un cielo nuvoloso. Soprattutto la gioia che trapela in questo momento.

Al diavolo, quando non guarderà lo userò per annaffiare qualche piantina e naturalmente non rivelerò quello che ho fatto ad anima viva perché mi rovinerei la reputazione, ma… anche il mio arido cuore morto ogni tanto sussulta. E forse va bene così.

Con un cenno la invito a precedermi, e il suo passo è ancora più marziale di prima.

"Qual è la sua bevanda preferita, giovanotto?"

Meglio che tu non lo sappia, donna.

Le sorrido e scrollo la testa.

"Il tè" le rispondo, poi chiudiamo la porta alle nostre spalle.

IL RACCONTO DI FRAN

Francesca è una simpatica ragazza italiana che ha aperto un tattoo studio a Londra. È maledettamente in gamba e ha un bel caratterino, tale da riuscire a tenere testa persino a uno come me. Se ti chiedi il perché del tatuaggio, caro lettore, la mia risposta sarà quella che do sempre in questi casi: perché no?

Io e la mia umana ci siamo divertiti a vedere l'episodio dall'esterno, per questo la terza persona, ma il mio immenso ego preferisce di gran lunga la prima.

UNO

Londra, un giorno qualunque, ore 20

Il campanello del negozio trillò proprio mentre Fran stava raccogliendo le ultime cose per andare a casa.

Era stata una giornata pesante: un braccio intero e un polpaccio, ed entrambi con disegni complicatissimi, che prevedevano un lungo lavoro di preparazione, anche solo per tracciare lo schizzo sulla pelle. Poi, le solite procedure per rendere l'ambiente il più sterile possibile e metterla al riparo dai casini che potevano accadere se i tatuaggi non venivano eseguiti con l'accuratezza necessaria da un punto di vista igienico. Non voleva guai lei, ed era una professionista seria, che si era messa in attività dopo anni di addestramento presso uno dei *tattoo artists* più famosi d'Inghilterra. Un vero despota, diciamolo, ma era grazie a lui se aveva raggiunto quel grado di competenza e se ora poteva disporre di un suo studio, e scegliersi i clienti.

Già, scegliere.

Niente ragazzine che correvano dietro alla moda del momento e si pentivano del tatuaggio dopo due giorni; niente tatuaggi tribali – le facevano venire mal di testa – e, se il disegno proposto non le piaceva, non c'era verso, a costo di rinunciare a centinaia di sterline. Lei non lavorava in quel modo. Il suo corpo decorato da mille disegni era la prova che per Fran il lavoro era una missione, e che pretendeva la stessa serietà anche dalle persone che accettava di tatuare.

"E adesso chi diavolo è?" si chiese, al suono della campanella. Il laboratorio in cui lavorava era separato dal resto del negozio da una parete divisoria abbellita dalle foto dei suoi lavori, che le rendeva impossibile rendersi conto di chi fosse entrato. Colpa sua, non aveva chiuso la porta a chiave e adesso le toccava ascoltare le richieste dell'ennesimo aspirante tatuato.

"Arrivo, un attimo!" disse a voce alta, sperando di cavarsela in pochi minuti e di riuscire ad essere gentile. Se fosse stata una delle solite ragazzine che bramavano il nome o la faccia di uno dei One Direction su una chiappa striminzita, l'avrebbe fatta volare attraverso la vetrina. Non ottenne risposta, ma udì una risatina maschile che per qualche motivo la fece sentire molto a disagio. Era stata fredda e rapida come una folata di vento. Quando si guardò il braccio, decorato da un complesso motivo, opera di un maestro ungherese, vide che la pelle le si era increspata in un brivido. *Che cazzo?* pensò e desiderò di essere già a casa, col suo compagno e il suo cagnolino.

Nulla, tuttavia, poteva prepararla alla visione che si trovò davanti quando si affacciò nella reception del negozio. Un individuo enorme, tutto vestito di nero, con incredibili capelli di un biondo quasi bianco che gli sfioravano la cintura, stava osservando con aria compita le foto appese al muro, le mani intrecciate dietro la schiena. La sovrastava di qualcosa come trenta centimetri, e aveva l'aspetto di uno che avrebbe potuto spazzarla via con un dito. Non un culturista, dava l'idea di una muscolatura più allungata, ma era comunque gigantesco e la stava fissando con un vago sorriso divertito da dietro occhiali neri dal taglio ovale, un po' alla Matrix.

"Ehm... ciao. Stavo per chiudere... che cosa posso fare per te?" balbettò, sentendosi decisamente idiota. E piccola. Molto piccola.

"Salve. Voi siete la signorina Fran?"

"Beh, sì, sono io, questo è il mio studio..." gli rispose, senza riuscire a smettere di fissarlo. Era pallidissimo, con il mento e le guance ricoperte da una leggera barba bionda, appena accennata; sotto la luce della stanza, la sua pelle appariva strana, incredibilmente compatta. Le stava ancora sorridendo, ma c'era qualcosa di strano (*sbagliato*) anche dietro quelle labbra sensuali, carnose al punto giusto, sebbene esangui come il resto del viso: era come se celassero qualcosa ed era sicura di non voler vedere che cosa fosse. E perché le aveva dato del 'voi'?!

Non essere ridicola, sei stanca, che cosa dovrebbe nascondere?

Il bestione le rivolse un mezzo inchino ma non accennò ad allungare una mano per stringere la sua, e lei per qualche motivo gliene fu grata.

"Un'amica mi ha detto che è a voi che bisogna rivolgersi, se si vuole un lavoro fatto come si deve. Possiamo parlarne per qualche minuto?"

"Ehm... beh, in genere faccio di questi colloqui il lunedì mattina... se volessi ripassare..."

"Temo che al mattino mi sia impossibile. È un lavoro grosso e non ho problemi di soldi, quindi forse vi converrebbe pazientare per qualche minuto ancora."

"Forse. Ma sono stanca e come ti ho detto, stavo per chiudere." *(Brutto snob del cazzo, pensi che farei qualsiasi cosa, per soldi?)* Non aveva ancora finito di formulare il pensiero che lo vide aggrottare le sopracciglia, mentre la mascella gli si irrigidiva e il sorriso svaniva dal suo volto come se non ci fosse mai stato. Non un bel cambiamento. Inoltre, era come se l'aria nella stanza si fosse fatta più densa, rendendole persino difficile respirare. Che diavolo...

"Non intendevo essere arrogante, ma davvero non posso venire di mattina. Comunque, se non siete interessata, pazienza, mi rivolgerò a qualcun altro. Perdonatemi per il tempo che vi ho fatto perdere."

Le rivolse un altro veloce inchino, poi si voltò e si avviò verso la porta ad ampie falcate, senza attendere una risposta. Movimenti potenti ed eleganti nello stesso tempo, come l'incedere di un gatto... o forse di una tigre. Fran rimase per un attimo imbambolata a guardarlo, poi si maledisse per il suo caratteraccio e sospirò. In fondo era curiosa di sapere che lavoro potesse desiderare un tipo del genere e si sentì richiamarlo prima ancora di rendersi conto che lo stava facendo.

"Aspetta... scusa, ho avuto una giornata un po' pesante, ma posso dedicarti qualche minuto, in effetti. Vuoi... volete sedervi?"

Quella faccenda del 'voi' l'aveva confusa e non le sembrava educato, a quel punto, continuare a dargli del tu. Lui si voltò, squadrandola guardingo, e lei gli indicò con un cenno della mano la poltrona maculata che campeggiava accanto alla sua postazione di disegno, dove passava ore a creare nuovi soggetti per il suo lavoro, o anche solo a imbrattare fogli per il puro gusto di farlo. L'uomo osservò il bizzarro mobile come se non ne avesse mai visto uno prima, poi lo raggiunse e si sedette con circospezione sul bordo, con le lunghe gambe, fasciate nei jeans neri, quasi all'altezza del mento.

"Grazie. Siete molto gentile."

"Non è vero, ma fa lo stesso. Allora, ditemi. Che cosa avevate in mente? Senti, non possiamo darci del tu? Non sono proprio abituata a questa cosa del voi, mi fa sentire... antica."

"Come preferisci. Mi riesce difficile entrare subito in confidenza con chi non conosco. Comunque, va bene. Allora, per venire al motivo della mia visita, ho un... problema alla schiena da tanto, tanto tempo e mi chiedevo se si potesse risolvere con la vos… ehm… tua opera.”

“Oh. Che genere di problema?” chiese Fran, a disagio. La pelle del viso era perfetta, ma se si fosse trovata davanti una schiena devastata da pustole o altre cose schifose, avrebbe dovuto rifiutargli il proprio lavoro. L’uomo cominciò a sbottonarsi la camicia, senza mai smettere di fissarla.

“Immagino che sia più facile se lo vedi da sola…” disse e si alzò in piedi, voltandosi. Quando si lasciò scivolare l’indumento giù dalle spalle, Fran sbottò in un’imprecazione molto poco diplomatica. Sentì il tipo sospirare e se ne pentì subito, ma ormai il danno era fatto.

“*Questo* genere di problema…” fece lui, scostando i capelli per scoprire del tutto la schiena. Un numero imprecisato di cicatrici gli solcava la pelle, dalle spalle fino all’orlo dei jeans e anche più in basso, per quello che poteva intuire. Lunghe, sbiancate, incrociate in molti punti, per lo più in rilievo; alcune larghe un dito, altre più sottili. I fianchi non erano in condizioni molto migliori, anche se in quella zona i segni si limitavano a quattro incisioni per lato, molto profonde e dall’aria più recente. Sembravano graffi, ma non osava immaginare quale bestia potesse averglieli inflitti. La cosa che la mandò definitivamente nel pallone, tuttavia, furono le tre E scavate in profondità nella parte alta della schiena, tra le scapole. Poteva sbagliare, ma sembravano… marchi, come inferti da uno strumento incandescente che si era fatto strada nella carne di quel tipo.

MA-CHE-CAZZO! pensò e non si rese conto di averlo detto a voce alta fino a quando l’uomo non le rispose: “È quello che dico anch'io… sono un po' stufo di vedermele. Dici che riusciresti a coprirle?"

Fran fece un passo avanti e allungò una mano per toccarle, per rendersi conto se la superficie cutanea fosse troppo accidentata per riuscire a lavorare bene, ma l'uomo si scostò con una rapidità che la lasciò a bocca aperta, per poi lasciarsi sfuggire un'imprecazione a sua volta. Lei ritrasse la mano di scatto e mentre si stava ancora chiedendo come avesse fatto a muoversi così velocemente, il tizio sospirò di nuovo. "Ti ho fatto una domanda, donna" ringhiò, indossando di nuovo la camicia e voltandosi a guardarla con aria ostile. Lei riuscì a intravedere altri segni sul torace bianchissimo e muscoloso, prima che la stoffa nera lo coprisse del tutto.

"Beh… sì, penso che…" (donna?!!!)

"Bene. Quando? Come ti ho detto, posso venire solo dalle… diciamo… sei del pomeriggio… pagherò una tariffa maggiorata, se è necessario…"

"Ma la smetti di preoccuparti dei soldi? Parliamo piuttosto del disegno. Avevi qualcosa in mente?"

"Io non mi preoccupo dei soldi. Di solito siete voi u… ehm… che… Comunque, avevo in mente… fiamme. Fuoco. Magari il sole. E argento. Sta a te combinare le cose in un risultato soddisfacente. Pensi di esserne in grado?"

"Beh, dovrò lavorarci per un po'… posso sapere perché hai scelto questo soggetto?"

"Ti serve saperlo per il tuo lavoro?"

"No, ma di solito quelli che vengono qui hanno una storia, dietro al tatuaggio che scelgono, e me la raccontano."

"Anch'io ho una storia. Ma è una storia mia e basta. Quanto ti ci vuole per studiare qualcosa da sottopormi?"

"Sono un po' presa... una quindicina di giorni, direi. Ci rivediamo per parlarne e poi..."

"È troppo. Una settimana" disse il tipo, con tono che non ammetteva repliche. O meglio, non le avrebbe ammesse se non si fosse trattato di Fran...

"Allora trovati su internet un disegno già pronto e fattelo fare da qualcun altro. Se invece vuoi qualcosa di unico, dovrai avere pazienza. Io ho bisogno di tempo" gli rispose lei, gelida. Lo vide trasalire e avrebbe giurato che gli occhi, dietro le lenti scure, si fossero ristretti in due fessure minacciose, ma poteva essere una sua impressione, così come il senso di soffocamento che la colse di nuovo e le fece passare una mano tra i capelli, a disagio. L'uomo sibilò qualcosa di incomprensibile a mezza voce, forse in un'altra lingua, poi si diresse verso la porta e la spalancò con un gesto secco. Solo all'ultimo momento si voltò a guardarla, e lei si sentì di nuovo molto piccola.

"Due settimane da oggi. Non un giorno di più. Buona serata."

DUE

Le due settimane trascorsero lente e veloci nello stesso tempo. Fran era sempre molto impegnata, ma ogni sera, quando tornava a casa, passava ore a studiare un soggetto che potesse soddisfare le aspettative del misterioso individuo piombato nel suo negozio. Il lavoro procedeva in modo altalenante, come del resto le accadeva spesso. Era una perfezionista e non era mai completamente soddisfatta dei risultati, ma, man mano che il disegno prendeva forma sul foglio, si lasciò cogliere da un cauto ottimismo.

Non sapeva nemmeno lei perché fosse così importante soddisfarlo: lo aveva trovato piuttosto irritante, durante il colloquio, non le aveva lasciato un recapito e tanto meno un acconto (e anche quello era stato irritante). Tuttavia, non aveva dubbi sul fatto che sarebbe tornato e la prospettiva la attraeva e la spaventava insieme.

Anche la sfida di un lavoro così impegnativo la affascinava. Disegnare su una pelle così disastrata non sarebbe stato semplice, ma capiva il suo desiderio di nascondere ferite tanto gravi e solidarizzava in segreto con lui. Chissà chi gli aveva fatto tanto male... *scema, magari è un patito del sadomaso e ha incontrato un partner a cui è scappata la mano, che cosa vai a immaginare?!* Nessuno veniva frustato, al giorno d'oggi, che cazzo, e se succedeva, i motivi potevano essere soltanto legati al sesso. Se no, perché vergognarsi di raccontare la propria storia?

Quando il giorno X arrivò, Fran si svegliò con un senso di terribile ansia. Aveva persino sognato di incontrare il tipo in un vicolo buio, immerso nella nebbia, e di aver finalmente scoperto che cosa ci fosse di strano nella sua bocca... solo che non lo ricordava più.

Non aveva lavori, quel giorno, e non ne fu contenta: il tempo che la separava dall'avvento della sera sarebbe passato molto più lentamente. Si costrinse a occuparlo in mille modi, dalle pulizie a una lunga passeggiata con il suo cane, alla spesa al supermercato; trascorse poi le ultime ore ad apportare modifiche al disegno che campeggiava sul foglio, colorato a china, per rendere i colori ancora più vividi. Era... infernale, non riusciva a trovare un altro termine per definirlo. Un trionfo di fiamme che passavano dal rosso acceso, soprattutto nella parte inferiore, all'arancione, al giallo. In quanto all'argento, lo aveva rappresentato sotto forma di monete, alcune integre, altre mezze fuse dal fuoco che ardeva tutt'intorno. Ci volevano le palle per accettare un disegno del genere e per sottoporsi alle ore di tortura che sarebbero servite per imprimerlo sulla pelle, ma era certa che quello non fosse un problema per il bestione. Era evidente che aveva sopportato ben di peggio. Chissà perché desiderava un soggetto simile, con fuoco e argento insieme...

Lasciò il proprio appartamento intorno alle quattro del pomeriggio. Lo studio non era lontano, ma non riusciva a stare a casa un minuto di più, e aveva voglia di camminare un po' per... calmarsi. Due ore. Solo due ore e il tipo sarebbe arrivato. E se il disegno non gli fosse piaciuto... lo avrebbe cosparso di alcool e gli avrebbe dato davvero fuoco, per tutto il tempo che le aveva fatto perdere.

Ore 18.25

Ecco, non verrà. Quello stronzo ha cambiato idea e non si è nemmeno degnato di avvertirmi! Colpa tua, cazzo, sei una cogliona, manco il telefono, gli hai chiesto... idiota, idiota, idiota!

Il campanello della porta trillò e Fran balzò in piedi, come se fosse stata punta da una vespa. Si precipitò fuori dal laboratorio e… si scontrò proprio con la persona che stava aspettando, cacciando uno strillo di spavento. Lui ridacchiò, invece, e le rivolse un altro dei suoi veloci inchini, con un ghigno fatto apposta per prenderla in giro.

"Buonasera, Fran. Andavate di fretta?" le chiese, squadrandola con occhi pieni di divertimento. Già, gli occhi. Niente lenti scure, quella sera, ma occhi bellissimi, di un verde scuro molto particolare. *Troppo particolare… che abbia le lenti a contatto?* Fran dovette impedirsi di restare imbambolata a fissarli. Quel tipo era da infarto, inutile stare lì a girarci intorno. Se solo non fosse stato così mortalmente pallido…

"Ehm… no, non mi ricordavo se la porta era aperta… Sei venuto, alla fine."

"Certo. Avevi dei dubbi?"

"Qualcuno, sì. Allora, vuoi vedere lo schizzo che ho fatto? Naturalmente non è vincolante, se vorrai si può modificare…"

"Va bene. Vediamo se sei degna della tua fama."

Fran lo squadrò con un certo cipiglio: "Mi stai prendendo in giro?" disse.

"Chi lo sa? Coraggio, sono certo che mi piacerà."

Io no… avrebbe voluto rispondere lei, ma si trattenne e prese la grossa cartellina in cui custodiva il disegno. Accese la lampada sulla scrivania per ottenere un'illuminazione migliore e poi aprì il faldone che lo ricopriva, trattenendo il fiato senza nemmeno accorgersene e fissando l'uomo, per cogliere la sua reazione… che non ci fu. Non per i cinque, interminabili minuti successivi. Sembrava essersi trasformato davvero in una statua, mentre fissava il disegno con il viso privo di qualsiasi espressione, chino su di esso con i capelli che gli spiovevano in avanti. Li scostò con uno scatto secco del collo, ma fu l'unico movimento che compì, assieme allo scorrere di un dito sulla superficie del foglio, a seguire quasi ogni linea, in particolare la scritta che lo percorreva tutto, un'ispirazione dell'ultimo momento. Quella la preoccupava molto. Chissà come l'avrebbe presa? Era una frase tratta dal racconto di un autore italiano, Stefano Benni. Per qualche motivo le era venuta in mente appena lo aveva visto, ma solo mentre la intrecciava alle fiamme si era resa conto di quanto, a suo parere, fosse calzante per quello strano personaggio.

"È in italiano… significa…"

"Lo so cosa significa. Taci."

Fran chiuse la bocca come fulminata e sgranò gli occhi. Come sarebbe, 'taci'?!

Lo sentì recitarla tra sé e sé con uno strano accento e la voce assorta, e di nuovo trattenne il fiato.

'Il fuoco è la mia tenerezza, perché angelo e belva insieme nel mio spirito caddero abbracciati'

Finalmente l'uomo alzò la testa e la guardò con uno sguardo terribilmente serio e intenso. Stava stringendo il bordo della scrivania con tale forza da farla scricchiolare, le nocche sbiancate, e Fran deglutì, quasi terrorizzata.

"Come ti dicevo, se non ti piace, possiamo…"

"Quando cominciamo?" gracchiò lui e finalmente lasciò la presa sulla scrivania, che ringraziò con l'ennesimo scricchiolio.

TRE

Un'altra settimana era trascorsa, da quando avevano preso gli ultimi accordi sul lavoro in programma. Fran aveva ipotizzato che fossero necessarie almeno quattro sedute, per portarlo a termine. Quattro sedute di almeno cinque ore ciascuna, ammesso che il tipo resistesse tanto a lungo. La schiena non era una zona particolarmente dolorosa da tatuare, e forse la presenza di tutte quelle cicatrici gli aveva reso la pelle meno sensibile, non lo sapeva, era una cosa del tutto soggettiva. In alcuni la sensibilità aumentava, e c'era da dire che non aveva mai lavorato su un corpo così martoriato. Si sarebbero regolati man mano e sarebbe stato lui a decidere quando non riusciva più a sopportare il dolore o l'immobilità. Non aveva avuto niente da obiettare, in proposito, così come non aveva battuto ciglio sulla cifra che gli aveva proposto e che lei considerava del tutto equa. Fran non lavorava a buon mercato e non nutriva nessuna stima per quelli che lo facevano: un tatuaggio pagato due soldi era un tatuaggio da due soldi, il più delle volte. Tuttavia, non era nemmeno propensa a gonfiare le somme che richiedeva. Il giusto, né più né meno, era quello che voleva. Per sé e per il cliente.

A parte un lavoretto da due ore al mattino, si era tenuta libera il resto della giornata. Voleva essere il più possibile riposata, sia da un punto di vista fisico che mentale. Di nuovo le ore trascorsero lente e la pioggia che si abbatteva con furia sulla città non le permise nemmeno di passeggiare un po' per scaricare la tensione che si sentiva addosso. Perché diavolo si dovesse sentire tesa, poi, era un vero mistero. Ok, quel tipo la innervosiva, anche solo per l'attrazione che provava per lui, mista a un senso di minaccia che le faceva sfrigolare i nervi. Alla fine di ogni seduta si sarebbe sentita uno straccio, lo sapeva. Quando mancava meno di un'ora all'appuntamento, ebbe addirittura la tentazione di chiamarlo e di mandare tutto a monte, indirizzandolo presso un suo amico e collega, altrettanto bravo e scrupoloso. Tuttavia, aveva la sensazione che il tipo non avrebbe accettato un rifiuto in maniera tranquilla e pacata e quei soldi le servivano. La casa aveva bisogno di manutenzione urgente, inoltre Natale era vicino e le sarebbe piaciuto disporre di un po' di denaro per tornare in Italia durante le vacanze e per comprare qualche bel regalo ai suoi familiari. *Al diavolo, non mi mangerà mica, no? Ha l'aria di poterlo fare, ma se mi rifiutassi di tatuare tutti i tipi dall'aria poco raccomandabile che gravitano da queste parti, morirei di fame. Fai tatuaggi, Fran, non servi the alle vecchiette...*

La campanella squillò e la riscosse dai suoi pensieri. *Ok, calma, sorridi e sii professionale, andrà tutto bene.*

"Eccoti, ciao, tutto a posto? Sei pronto?" gli chiese, raggiungendolo all'ingresso. Che sorpresa, niente *total black*, quel giorno. Un semplice paio di jeans sbiaditi e, sotto la giacca di pelle, una maglietta grigia, aderente, che metteva in risalto il suo fisico possente. Pesanti anfibi ai piedi, addirittura sconfinati, e i capelli legati in una coda.

"Io sono pronto. E tu?"

"Certo!" rispose Fran, forse con un po' troppa convinzione. Il tipo ridacchiò in quel suo strano modo fulmineo e la fissò per un attimo con l'aria di un vecchio volpone, come se sapesse esattamente quello che stava pensando. Sbrigate le ultime formalità legali – la firma di una liberatoria che la metteva al sicuro da responsabilità di tipo sanitario – gli fece cenno di seguirla nel suo regno, un piccolo locale piuttosto spoglio in cui campeggiava un lettino ricoperto da una lunga striscia di carta assorbente bianca e l'attrezzatura per tatuare. Vide che il tizio si guardava attorno incuriosito ed ebbe l'impressione che stesse... annusando l'aria, ma si diede della pazza anche solo per averlo pensato.

"Se vuoi toglierti la maglietta e sistemarti sul lettino..."

"Seduto o coricato?" le chiese lui, continuando a guardarsi intorno con aria interessata.

"Preferirei coricato, è anche più riposante per te. Non è un mistero che sarà un lavoro lungo. A proposito, come ti chiami? Non sono riuscita a leggere il nome sulla liberatoria che hai firmato."

"Mi chiamo Raistan."

"Come?"

"Rai-stan. Sono olandese" le spiegò, con tono neutro. Si era tolto la maglietta e la reggeva tra le mani come se non sapesse che farsene. Dalla postura delle spalle, piuttosto rigida, Fran capì che anche lui era teso. Gli venne in aiuto e gli indicò un attaccapanni accanto alla porta, poi iniziò a preparare l'attrezzatura con gesti meccanici, dettati dall'abitudine.

"Ecco a cosa è dovuta la tua strana 'R'... Bella, l'Olanda, e terra di ottimi tatuatori, nonché di altre ottime cose."

Lui non le rispose. Si era seduto sul lettino e teneva le braccia incrociate sul petto, seguendo ogni suo gesto. Certo che era davvero bianco, non credeva di aver mai visto una pelle a quel livello di candore.

"Tu e il sole non andate d'accordo, eh?" commentò Fran, mentre finiva di avvolgere nella pellicola trasparente tutto quello che la circondava, compreso il carrello che reggeva la macchinetta tatuatrice, i cavi, persino l'unico quadro appeso alla parete.

"No. Direi di no" rispose Raistan, abbassando lo sguardo e facendo oscillare le lunghe gambe.

A Fran fece pensare a un bambino e provò uno strano moto di simpatia per quel pallido individuo con un passato così ingombrante da fargli desiderare di cancellarlo con un'esplosione di colore. Si sedette sulla sedia dotata di rotelle, indossò i guanti di lattice e si spinse in avanti fino al lettino, su cui l'uomo non si era ancora deciso a sdraiarsi. La fissava pensieroso, senza più l'ombra di un sorriso sul volto.

"Adesso ti copierò il disegno sulla pelle, poi tracceremo il contorno e poi, piano piano, passeremo alla fase interessante. Sei d'accordo? C'è qualcosa che non va? Hai cambiato idea?"

"No, per niente. È solo che... beh... non sono abituato ad essere toccato, ok? Devo... abituarmi all'idea. E anche tu... dovrai... adattarti a quello che sentirai. Sei pregata di non sclerare, va bene? È una cosa che non sopporto."

"Perché dovrei sclerare?" gli chiese.

"Toccami e lo scoprirai" replicò Raistan.

A quel punto, l'ultima cosa che Fran desiderava fare era proprio quella. Rimase a fissarlo perplessa, con il pennarello in mano, senza saper come replicare a una frase tanto strana.

"Senti... cosa sta succedendo? È uno scherzo? Mi stai spaventando e non mi piace essere spaventata. Ho... ho un ragazzo e non sarebbe contento di sapere che mi sento in questo modo per colpa di un cliente. Lasciamo perdere tutto, ok? Ti restituisco l'acconto, non ha importanza, ma voglio che tu te ne vada. Se vuoi ti do l'indirizzo di un collega molto bravo, ma..."

"Toccami, Fran" disse Raistan, fissandola con un'intensità tutta nuova e la ragazza si vide allungare una mano guantata verso di lui, come mossa da volontà propria. Gliela appoggiò su una spalla e trasalì per il gelo che le si trasmise attraverso la plastica. Il cuore, che già le batteva veloce, accelerò ulteriormente e Fran temette di essere sul punto di svenire. Sollevò la mano di scatto e spinse la sedia all'indietro, andando ad urtare il carrello metallico alle sue spalle.

"Cazzo! Perché sei così freddo?" gli chiese, con voce tremante. L'uomo la osservava annoiato, come se avesse assistito centinaia di altre volte alla stessa scena, ma non faceva nulla. Non si muoveva, la guardava e basta, sempre con quell'espressione terribilmente statica, le mani chiuse a pugno appoggiate al lettino.

"Stai sclerando, Fran. Ti avevo chiesto di non farlo."

"Tu rispondi alla mia domanda! Perché cazzo sei così freddo?"

"Forse sono malato e la mia temperatura corporea è particolarmente bassa... o forse sono solo diverso. Questo non significa che tu sia in pericolo. Non sono qui per creare problemi, né per farti del male. Voglio solo il mio tatuaggio. Visto il tuo look, la diversità non dovrebbe essere un problema, per te. So che hai idee molto... progressiste... beh, fai conto che io appartenga a... una minoranza in pericolo. Non ti allontaneresti molto dalla verità, in fondo. Oppure è tutta scena, la tua? Potrei ottenere quello che voglio da te in modo diverso, ma non mi va, e speravo di poter instaurare un altro tipo di rapporto. Dipende da te..."

Maledetto bastardo, aveva toccato dei tasti sensibili e lo sapeva. Se lo avesse cacciato si sarebbe sentita una merda per mesi e questa era una cosa che sapeva lei. Si sentì avvampare e abbassò la testa di scatto, senza osare guardarlo.

"Io do fiducia a te e tu la dai a me, allora. Dimmi perché sei così freddo."

"Non posso, mi dispiace. La fiducia non c'entra. Il... gruppo di cui faccio parte non lo permette."

Raistan si coricò sul lettino a pancia in giù, scostando i capelli legati e appoggiando il viso sulle mani. I piedi gli sporgevano oltre il bordo e la superficie d'appoggio lo conteneva appena.

"Andiamo, lo so che lo vuoi fare. Ti sei preparata tanto, per questo lavoro... io me ne starò qui buono buono e non aprirò bocca. Nemmeno respirerò, se me lo chiederai. Lascia che sia la tua tela. Usami. Mostrami quanto sei brava."

Ancora prima di rendersi conto di quello che stava facendo, Fran avanzò di nuovo con la sedia verso di lui, prese fiato e incominciò a disegnare.

EPILOGO

Diciotto ore, spalmate su quattro giorni diversi, li avevano condotti alla fine. Mancava ancora una seduta, necessaria per gli ultimi ritocchi, ma il novantanove per cento del lavoro era fatto. Fran avrebbe potuto scrivere un libro sulle stranezze capitate in quelle giornate e non escludeva di farlo, una volta o l'altra. Del modo in cui le ferite sulla pelle del suo cliente si rimarginavano all'istante, per dirne una, rendendo superflue le raccomandazioni sulla cura del tatuaggio nei giorni successivi alla sua creazione; dell'assoluta immobilità che lui riusciva a mantenere per ore e ore, con i muscoli completamente rilassati e lo sguardo fisso, a tratti quasi vitreo; che le venisse un colpo, di quella volta in cui si era spaventata a morte non sentendolo più respirare. Aveva posato precipitosamente la macchinetta e lo aveva scosso con energia: solo in quel momento gli aveva sentito riprendere fiato in una lunga inspirazione e lo aveva rivisto muoversi, come se si fosse appena svegliato.

"Dio mio, mi hai fatto prendere un accidente! Stai bene? Sembravi... morto..."

Lui aveva ridacchiato nel suo solito modo, aveva annuito, poi si era stirato come un grosso gatto candido – beh, un po' meno candido, a quel punto – ed era tornato ad adagiarsi sul lettino, tenendola d'occhio con quello sguardo sornione che aveva imparato a conoscere. Paura di lui non ne aveva più avuta, dopo quel primo giorno, se non quando, mentre sistemava l'attrezzatura, si era tagliata con la spessa carta del foglio da disegno. Quella volta era stata inquietante davvero. Un attimo prima, il tipo era tranquillamente coricato e le stava parlando dell'ultimo libro che aveva letto; quello successivo era seduto e le fissava il dito sanguinante con uno sguardo talmente intenso da trasmetterle più di un brivido lungo la schiena.

"Ti sei ferita" aveva detto, con aria rapita, dopodiché le aveva abbrancato la mano e si era portato il suo dito alla bocca, succhiandolo come si farebbe con un ghiacciolo in una torrida giornata estiva. Aveva visto i suoi occhi rovesciarsi all'indietro per un attimo e aveva sentito chiaramente una specie di... ringhio gutturale, del tutto alieno, sgorgargli dalle labbra. Ma la cosa più sconvolgente era stata accorgersi che anche la sua lingua era fredda, esattamente come la sua pelle. Il contatto era durato solo pochi secondi, perché gli aveva sottratto con precipitazione la mano con una specie di squittio, ma le era sembrato molto più lungo e spaventoso e sensuale nello stesso tempo.

"Che diavolo stai facendo? Cosa sei, un vampiro?"

Una di quelle cose che si dicono senza pensarci, certo, ma c'era stato qualcosa nella sua espressione, nel modo in cui si era passato il dorso della mano sulla bocca, per poi deglutire più volte, che le avevano fatto pensare che l'ipotesi non fosse così campata in aria.

"Scusa. L'ho fatto senza pensarci. Mettici un cerotto, su quel taglio" le aveva detto, per poi tornare a sdraiarsi. Non voltato verso di lei come faceva di solito, ma dall'altra parte, con i muscoli delle spalle così tesi che aveva dovuto chiedergli più e più volte di rilassarsi. La seduta era durata solo tre ore, quel giorno, con evidente sollievo di entrambi. Lui se n'era andato come se avesse avuto il diavolo alle calcagna e Fran aveva continuato a riflettere su quello strano accadimento anche alla sera e nei giorni seguenti. E se davvero...

Aveva cercato di analizzare con razionalità gli indizi in suo possesso, senza lasciarsi cogliere dalle emozioni: il tipo era freddo gelato, pallido come un morto; sapeva muoversi molto velocemente oppure restare immobile per ore, come una salma; la pelle gli guariva in modo quasi immediato: niente gonfiore, arrossamento, niente crosticine; quando gli aveva chiesto se se ne rendesse conto, lui le aveva risposto che il suo sangue conteneva un numero di piastrine superiore alla norma. Poi aveva cambiato bruscamente discorso, come faceva spesso se le domande di Fran diventavano troppo personali. Non c'era stato verso di fargli rivelare la causa di tutte quelle cicatrici, ad esempio e nemmeno le ragioni che lo avevano spinto a scegliere il tema del tatuaggio. Finché si trattava di parlare del più e del meno sembrava prestarsi volentieri, anche se non era certo un chiacchierone, ma c'era un confine invisibile che Fran sentiva di non poter varcare.

Ora, mentre lo aspettava seduta in studio a scarabocchiare figure su un foglio – il viso di Raistan, in particolare – si disse che, per il bene del proprio equilibrio mentale, doveva riuscire a strappargli un'ammissione. Anche solo una non-negazione, o sarebbe diventata matta. Non aveva parlato con nessuno dei suoi sospetti, nemmeno con il proprio ragazzo, perché non voleva di certo vederselo piombare in negozio in modalità "cavaliere dalla scintillante armatura", magari corredato di paletto, e non lo avrebbe fatto nemmeno in seguito, per tutti i secoli dei secoli, ma... lei doveva sapere, o non sarebbe più riuscita a dormire di notte e nemmeno di giorno.

Come se lo avesse evocato col pensiero, la porta si aprì e Raistan entrò nello studio, rivolgendole un sorriso a bocca chiusa, come faceva sempre.

"Buonasera, Francesca. Sono in ritardo?" le chiese, rivolgendole il solito cenno compito con la testa. Da quando aveva scoperto il suo nome per esteso, aveva preso a chiamarla così. Non lo faceva nessuno, tranne i suoi genitori, ma si era resa conto che non le dispiaceva. Suonava solo un po' retrò, come tante espressioni nel suo modo di parlare.

"No, sei puntualissimo, come al solito. Come va la schiena? Ti ha dato fastidio?"

Che glielo chiedeva a fare? Conosceva benissimo la risposta...

"No, nessun fastidio. Tutto bene. Oggi finiamo, eh?"

"Sì. Sarai stufo di farti massacrare, immagino."

Il tipo scrollò le spalle con aria noncurante.

"Ho passato di peggio" le rispose, inclinando la testa per sbirciare i disegni che Fran aveva appena tracciato. Quando si accorse di che cosa stava guardando, lei arrossì e coprì il foglio con una pagina bianca.

"Stavo solo pasticciando..." borbottò, a disagio.

"Capisco. Come sta il topo?" le chiese, sghignazzando.

"Eddai, non è un topo, smettila! Si chiama Pinto!" Aveva fatto lo sbaglio di mostrargli una foto del suo cagnolino ed era stata l'unica volta in cui lo aveva visto ridere di gusto, anche se con il viso celato dietro le mani. "Guarda che te lo disegno sulla schiena, così impari a sfottere!" ringhiò, ma si mise a ridere a sua volta e gli colpì scherzosamente una spalla con un pugno leggero.

"No, per carità, ci tengo alla mia reputazione! Vogliamo iniziare? Ho un impegno, stasera, intorno alle otto."

"Faremo in tempo, vieni" disse la ragazza e lo condusse nel locale attiguo. Aveva già preparato ogni cosa, ma quando entrò e l'uomo si tolse la maglia, Fran temette di non farcela. Pensò anche alle tante domande che sarebbero rimaste senza risposta e il cuore prese a batterle più rapido.

"Tu stai bene, Francesca? Sei molto silenziosa, oggi."

"Sì, sto bene. Divento un po' malinconica alla fine di ogni lavoro, tutto qui. Partiamo?"

"Quando vuoi."

Si coricò e lasciò penzolare le braccia giù dal lettino, osservandola completare gli ultimi preparativi.

"Non farlo", disse.

"Che... che cosa?" chiese Fran, alzando la testa per incontrare il suo sguardo.

"Metti giù quell'affare. Lascia le cose come stanno, non rovinare tutto."

"Qua... quale affare? Non ho..."

Ma lei sapeva quello di cui lui stava parlando. Il problema era come facesse a saperlo lui.

La spilla.

La spilla d'argento che teneva in mano, in quella mano che adesso le tremava in modo incontrollabile. Lo guardò allarmata e non riuscì a sostenere il suo sguardo paziente, in quel momento incredibilmente vecchio e intenso e triste e rassegnato, rassegnato a una solitudine che lei non avrebbe mai conosciuto, e si vergognò del suo puerile sotterfugio, per poi essere colta dalla rabbia. Anche lui l'aveva esclusa, nonostante non gli avesse più fatto domande compromettenti. Perché non poteva darle fiducia e concederle la possibilità di dimostrargli che era ben riposta? Scagliò il monile lontano, con rabbia, e impugnò la pistola ad aghi.

"Mettiti giù, voglio finire questo disegno e dimenticarmene per sempre."

"Invece non te ne dimenticherai mai..."

"Vogliamo scommettere?"

Accese lo stereo senza nemmeno chiedere il permesso al suo cliente e cercò di isolarsi per le successive due ore, quelle che le servirono per portare a termine il lavoro in modo definitivo.

"Fatto. Come al solito sei già guarito. Tutto normale. Puoi rivestirti, ti aspetto di là. *Stronzo...*" borbottò, strappandosi via i guanti di lattice e lasciando il laboratorio. Era sull'orlo delle lacrime e non sapeva nemmeno bene il perché; voleva soltanto che se ne andasse e non tornasse mai più. E non gli avrebbe fatto neanche un centesimo di sconto. Oh. Raistan la raggiunse dopo pochi istanti, con le mani affondate nelle tasche della giacca di pelle e la bocca stretta in una linea sottile, lo sguardo torvo puntato a terra. Fran provò di nuovo la sensazione di soffocamento, ma molto più forte, questa volta e fu quasi travolta dalla nausea, che dominò a stento. Cercò a tentoni la sedia e vi si lasciò cadere sopra a peso morto.

"Mi hai chiesto il perché del fuoco e dell'argento, e delle cicatrici, e io ti risponderò, perché non è vero che non mi fido di te. Allora guarda."

Allungò una mano verso il viso della ragazza che sgranò gli occhi, terrorizzata, ma non riuscì a sottrarsi al suo tocco, che la raggiunse sulla fronte e lì si posò. Lui serrò le palpebre e prese fiato e Fran vide. Vide la frusta dai fili d'argento abbattersi sulla sua schiena un numero infinito di volte, in un luogo illuminato soltanto da torce, popolato da gente rabbiosa che esultava a ogni sferzata;

vide il fuoco divorargli la carne nella luce del giorno, sentì persino l'odore della sua pelle che bruciava e le sue urla e urlò con lui, fino a quando lo stomaco non le si rivoltò sul serio e dovette chinarsi per vomitare. Solo allora Raistan sollevò la mano. Stava ansimando e stille arrossate gli colavano dalla fronte lungo le guance e dagli occhi.

"A volte è meglio non sapere, giovane umana, e non ricordare."

Posò sulla scrivania l'assegno, poi sfrecciò verso la porta a una velocità impensabile per un mortale, e sparì. Fran si affacciò all'ingresso, sulla strada, ma la via era deserta e si accorse che era calata la nebbia, proprio come nel sogno. Le parve di udire da qualche parte la sua lieve risata e si chiuse precipitosamente la porta alle spalle.

Andò in bagno, si sciacquò il viso accaldato, poi tornò a casa.

CERTE NOTTI

(Riflessioni di un vampiro)

Non credo ci sia qualcosa da aggiungere. Oppure sì?

Certe notti vorrei solo che la coperta nera dell'oscurità che mi avvolge da trecento anni si sollevasse, per vedere di nuovo la luce del giorno.

Certe notti vorrei che la gente che mi sfila vicino, silenziosa e immersa nei suoi pensieri, non cambiasse strada senza nemmeno rendersi conto di farlo. Vorrei incontrare lo sguardo di qualcuno e non leggervi paura, ma simpatia.

Certe notti, vorrei poter non leggere nella mente delle persone, per non percepire più nulla. Non più odio, non più dolore, nemmeno più amore o felicità, per non sentirmene irrimediabilmente escluso.

Certe notti vorrei passarle in un locale qualsiasi, con amici qualsiasi, a parlare di donne, di macchine e di stronzate maschili. Vorrei pacche sulle spalle. Vorrei programmare vacanze in moto, a scopare e a dormire sotto le stelle, e non starmene chiuso in un edificio più vetusto di me.

Certe notti vorrei avere tutte le risposte, anche a quelle domande che mi pongo da tre secoli a questa parte: perché sono dovuto crescere sentendomi sbagliato, perché il destino ha voluto fare di me quello che sono, e perché esistono i One Direction, per dirne solo alcune.

Certe notti invece non vorrei, perché temo che le risposte mi terrorizzerebbero ancora di più del non sapere.

Certe notti, tipo questa, vorrei non passare davanti a una casa e sentire il pianto di un bambino maltrattato. Vorrei che i miei sensi non si saturassero di furia e di voglia di far male, spingendomi ad entrare in quella casa, individuare il responsabile di azioni tanto vili e massacrarlo fino a fargli chiedere pietà. Pietà che non avrò, così come lui non ne ha avuta per quel povero bimbo indifeso in lacrime nel suo lettino, dimenticato da una madre troppo fatta per rendersi conto della bestia che è l'uomo che l'ha ingravidata.

Vorrei prendere la testa di questo bastardo e sbatterla contro il muro così tante volte da ridurla come il guscio di un uovo scoppiato. Beh, di grazia, perché no? Frammenti di osso, materia cerebrale e capelli spiaccicati sulla parete grigia di sporco e di trascuratezza. Almeno adesso c'è un po' di colore. Non piangere, piccolo, non piangere. Domani andrà meglio, domani tua madre sarà una persona nuova e si occuperà di te come ti meriti, ci penserò io a far sì che succeda. Le lancerò un *glamour* così potente che dimenticherà chi è stata finora per trasformarsi in qualcuno di completamente diverso. Qualcuno a cui importa. Di se stessa e di te. Dormi, piccolo, e fai bei sogni. I mostri se ne sono andati. Anche questo che ti sta tenendo in braccio tra poco se ne andrà. Dormi.

Certe notti vorrei soltanto perdermi nell'abbraccio di qualcuno che mi ama. A volte i desideri si realizzano, e io me ne torno a casa dalla mia creatrice

QUANDO I SOGNI DIVENTANO REALTÀ

Oggetto: Ellie

Alice 3/5/2015

A: 1705RVH@gmail.eng

"Caro Raistan,

scusa se ti disturbo con le mie fisime materne, ma sono più di due settimane che Ellie ha incubi in cui sogna i lupi di quella notte nel giardino. Non so perché ora, vai a capire le menti infantili e le loro strane evoluzioni, ma mi chiedevo se potessi venire a trovarci per parlarle e... non lo so, rimettere le cose in una prospettiva meno spaventosa. Magari a te darebbe ascolto. Non possiamo nemmeno dirle che i lupi mannari non esistono, perché li ha visti personalmente. Appena puoi, faresti un salto? Per ora ti mando un grosso bacio.

PS: Robert chiede sempre quando il Fantasma tornerà a fargli vedere la magia con i frutti di plastica...

Con affetto, Alice A."

Ebbene sì, non ridete.

Sono appena stato precettato come psicologo infantile. Io, che ho provocato incubi a un numero spropositato di umani di ogni età, ammesso che siano sopravvissuti per sognarmi. La fiducia di Alice mi commuove e mi lusinga, tuttavia, quindi farò loro visita al più presto. Ma per dire cosa? Che i lycan non sono brutte bestiacce puzzolenti e sbavanti, ma graziosi cuccioloni che amano farsi grattare sotto la gola o dietro le orecchie? Non sono il soggetto più adatto per difendere quella razza scellerata, ma come faccio a dirlo ad Alice? Comprendo perfettamente la sua equazione: soprannaturale = Raistan. O forse mostri = Raistan. No, lei non penserebbe mai questo di me. Non lo ha mai pensato. È uno dei motivi per cui la adoro.

Su una cosa ha ragione. Sono ormai passati tre anni dalla sera in cui mi sono presentato alla loro porta recando con me un esercito di licantropi ansiosi di farmi a pezzi. Perché quel ricordo, sotto forma di incubo, si presenta proprio ora? D'altronde, però, io sogno ancora episodi che risalgono ai primi tempi della mia vita da vampiro, e si parla di tre secoli fa, quindi forse non è una cosa così strana. Ehi… e se… ok, devo uscire. Devo vedere una persona.

***

"Oh, buonasera, succhiasangue. Non sei un po' in anticipo?"

Aggrotto la fronte e scopro il polso solo per notare che, come al solito, non porto l'orologio. Greylord scoppia a ridere e mi polverizza una spalla con una manata, ma io continuo a guardarlo perplesso.

"Di solito ti presenti dalle quattro del mattino in poi… adesso sono solo le 11 di sera! Idiota… sempre detto che siete completamente privi di senso dell'umorismo. Dai, vieni dentro, che qui si gela."

Mi prende per un polso e mi trascina in casa senza darmi il tempo di replicare, facendomi strada nel soggiorno dove abbiamo trascorso parecchie notti interessanti. Alcune intense, anche, data la mia tendenza a dare i numeri di tanto in tanto.

"Allora? Come te la passi? E il biondino?"

"Stiamo bene, grazie. E tu e il tuo branco di pulciosi?"

"Alla grande, come dicono al giorno d'oggi. Bevi qualcosa, a parte me?"

Sbuffo e alzo gli occhi al cielo. Mi fa questa battuta una volta sì e l'altra anche e gli rispondo sempre nello stesso modo: "Vaffanculo. Un dito di vodka, grazie."

"Arriva. Mettiti comodo."

Quando torna e mi consegna il bicchiere ghiacciato, si siede accanto a me sul divano e mi guarda assorto come fa a volte, scrollando la testa con un vago sorriso. Inutile chiedergli cosa pensa quando fa così.

"Ti piace quello che vedi, lycan?"

"Non sono una delle tue checche. Mi piacciono le tue improvvisate, quello sì. Spesso coincidono con serate in cui mi annoio particolarmente. A cosa devo la tua visita?"

Glielo spiego. La mia idea lo diverte immensamente.

"Allora domani sera?"

"Ci sarò."

Sera successiva

"Buonasera, Alice. Questo è…"

"Lo so chi è lui. Il capo dei calpestatori di ortensie" dice lei seria, squadrando Greylord con un cipiglio che ha il potere di fargli sgranare gli occhi e bloccarlo sulla porta. Poi scoppia a ridere, mi regala un veloce abbraccio e porge la mano al lycan, sul cui volto affiora lentamente un sorriso che non riesce a celare il rossore che gli è affiorato sulle guance. Rido anch'io, almeno fino a quando non vengo travolto da un piccolo treno merci con le treccine, che mi si aggrappa alla vita con forza sorprendente. Dio, quanto le voglio bene. E quanto è cresciuta.

"Ecco qui la mia bambina rosa preferita!" esclamo, sollevandola e facendomela sedere sull'avambraccio. Lei ride, ma ha occhi solo per il lycan, anche se non ha perso l'abitudine, quasi automatica, di giocherellare con i miei capelli.

"Ellie, questo è il mio amico Greylord. Greylord, Ellie."

Allunga compita la manina verso di lui, che la avvolge con la propria e le sorride.

"Molto piacere, piccola. Ho sentito tanto parlare di te, lo sai? Questo signore che ti tiene in braccio ti vuole davvero bene."

"Anche io gliene voglio" dice lei, arrossendo e stringendosi al mio collo con un sorriso estatico. Lo stesso che sento sulla mia faccia e che probabilmente mi fa sembrare un idiota, ma chissenefrega? "Tu non sei come lui, vero?" gli chiede poi a bruciapelo. "Tu puoi stare al sole. E non hai i denti lunghi e gli occhi da gatto."

"È vero, Ellie. Siamo diversi. Io però ho tre nipotine, e una ha proprio la tua età. Si chiama Alison. Un giorno te la farò conoscere, se vuoi."

"Le piace Violetta?"

"Uhm… io non… non lo so" balbetta Greylord. Ci siamo spostati nella zona dei divani. Jim non c'è, come spesso accade quando faccio loro visita, ormai.

"Spero di no. È un'idiota" sentenzia Ellie, e il mio amico prorompe in una risata tonante che gli frutta un'occhiata sospettosa della mia piccola amica, come a sfidarlo a dire il contrario.

"E Rob?" chiedo.

"Al cinema con Jim. Preferivamo che ci non ci fosse, per quello che…" confessa Alice, indicando Greylord con un cenno della testa. Saggia decisione. Quello che potrebbe esorcizzare gli incubi della mia piccola amica, potrebbe suscitarli nel suo fratellino.

Esauriti gli ultimi convenevoli, decido che è ora di prendere di petto il motivo della nostra visita.

"Ellie, la mamma mi ha detto che da un po' di tempo fai dei brutti sogni su quello che è successo la prima sera che ci siamo conosciuti. È vero?"

Il sorriso le muore sul volto e sento il suo piccolo corpo irrigidirsi contro il mio. Annuisce, ma non mi guarda, come se si vergognasse.

"Vorresti dirmi che cosa sogni, piccola?"

Piccolo cenno di diniego e il volto che le si chiazza di rosso, come sul punto di piangere.

"Sogni i lupi, Ellie? Quelli che c'erano in giardino?" le chiedo, e quando nasconde il viso contro il mio petto la cingo con un braccio, senza riuscire a risparmiare a Greylord un'occhiata di rimprovero. Alice è seduta sul secondo divano della stanza e quasi non osa respirare.

"Ti fanno molta paura, vero?" le chiedo, sentendo il calore del suo viso contro di me. Forse sta persino piangendo, ma lo fa in modo molto silenzioso. Annuisce, ma mantiene la posizione.

"Beh, e se ti dicessi che io faccio la stessa paura a un sacco di gente?"

L'incredulità la spinge a staccarsi e a guardarmi come se avessi detto la cosa più assurda del mondo. Greylord segue con attenzione la scena e non dice niente, per ora. Credo però che si stia in qualche modo…. caricando, perché percepisco anche il suo di calore, accanto a me, e diventa sempre più forte.

"Non ci credo! Tu sei bello. Loro erano bruttissimi! E poi erano cattivi, lo ha detto anche papà! E ti avevano fatto male!"

Lancio un'occhiata soddisfatta a Greylord, che alza gli occhi al cielo per un attimo.

"Mi avevano fatto male perché allora eravamo nemici, ma adesso non lo siamo più. In realtà sono dei cagnoloni dolcissimi, non è vero Greylord?"

Non me la perdonerà mai, ma vedere il suo sorriso rigido, mentre annuisce per rassicurare la piccola, vale qualunque vendetta.

"Se nessuno ci minaccia…"

 Ellie lo guarda con la fronte di nuovo aggrottata. "Perché 'ci'?"

"Piccola, ti fidi di me?" le chiedo, prendendole il viso fra le mani per attirare la sua attenzione.

"Certo."

"Tu sai che la magia esiste, vero?"

"Sì. Tu sei magico" dice lei, con quella granitica certezza che solo i bambini possiedono.

Altra occhiata soddisfatta a Greylord. Alice si muove a disagio sul divano e posso percepire il battito del suo cuore, molto accelerato.

"Anche il mio amico lo è. Solo che fa una magia diversa. Vuoi vederla? Dopo non avrai più paura dei lupi di quella notte. Magari ne avrai un pochino adesso, subito subito, ma poi passerà."

"Davvero?"

"Credo proprio di sì." (Oppure ti verrà una crisi isterica e dovrò incantarti per farti dimenticare tutto, ma non dicono sempre che bisogna guardare in faccia i propri mostri?)

"Allora va bene."

Greylord si alza in piedi e si rivolge ad Alice: "Signora, c'è un posto dove posso…. Ehm…"

Lei lo guarda perplessa per un attimo, poi scatta in piedi come una molla, comprendendo la sua richiesta. Una mutazione davanti alla bambina potrebbe essere un po' troppo.

"Posso… posso stare tranquilla? Non è che dopo…" chiede a Greylord, anche se sta guardando me.

"Non lo avrei portato, se pensassi che non è sicuro."

"Che cosa fa il tuo amico, Ray? Che magia è?"

"Tra poco lo vedrai. Tu però devi essere coraggiosa, se vuoi sconfiggere il sogno. Me lo prometti?"

"Ok…" mi risponde con un filo di voce, ma continua a lanciare occhiate spaventate a Grey, almeno fino a quando lui non le strizza l'occhio e si sposta nella stanza accanto con Alice.

"Adesso, quando torna la mamma, ti siederai sul divano con lei. Io arrivo subito. Aspetta qui, ok?"

Sparisco nella stanza accanto, dove incontro Alice più pallida di me, che ascolta con sguardo agghiacciato gli strani suoni provenienti dal bagno. Schiocchi liquidi, ringhi e gorgoglii. Le rivolgo un cenno noncurante con la mano e la invito a raggiungere la figlia in soggiorno, poi mi avvicino alla porta della toilette e busso con le nocche sul legno.

"Ci sei? Tutto a posto?"

La porta si apre, e il mio gigantesco amico deve abbassarsi di un bel po' per riuscire a varcarla. Sento i peli rizzarmisi su tutto il corpo e la familiare sensazione di pericolo attanagliarmi la gola, ma mi mantengo impassibile per non far sentire minacciato lui. Non sarebbe saggio.

"Cazzo, certo che sei proprio un cesso, altro che cucciolone… speriamo in bene. Andiamo. Sei tranquillo?"

Una specie di sbuffo e un annuire della grossa testa grigia mi rassicurano un po'; lo precedo nel ritorno al salotto e il bastardo non riesce a trattenersi dal farmi lo sgambetto, che unito a una spinta alle spalle mi fanno franare in modo davvero poco elegante sul pavimento della cucina.

"Ma allora sei stronzo!" gli sibilo, rialzandomi e lanciandogli un'occhiata che farebbe appassire i fiori – persino le ortensie di Alice. I soliti sbuffi umidicci che loro spacciano per risate mi accompagnano fin sulla soglia della sala. Mi affaccio, e vedo Ellie in braccio ad Alice; la TV è accesa, adesso. Forse è stata un'idea dell'adulta, per impedirle di udire i rumori inquietanti che provenivano dal bagno fino a pochi istanti prima.

"Ellie… c'è qui qualcuno che vorrebbe conoscerti. Non avere paura, ok? Posso farlo entrare?"

"Sì… credo… ma il tuo amico dov'è andato?"

"È… è qui con me, piccola. Greylord… vieni. Stai basso" bisbiglio, e lui in effetti mi obbedisce, arrivando a toccare terra con le lunghe braccia pelose, ma cazzo, è enorme lo stesso. Per un attimo, la paura che leggo sul viso di Alice quando lascia scendere Ellie dalle ginocchia è la mia, ma ormai è troppo tardi. Entro in soggiorno e la bestia mi segue a ruota. La sento solo, perché tengo lo sguardo fisso su Ellie, ferma al centro della stanza, la cui espressione passa dalla perplessità al terrore in pochi istanti. Strilla, fa dietro front e corre di nuovo a rifugiarsi tra le braccia della mamma, piangendo e nascondendo il viso contro la sua spalla. Greylord, dietro di me, guaisce e abbozza una ritirata, ma lo afferro per un orecchio, che è la prima cosa che mi capita in mano, e lo induco a fermarsi.

"Mi deludi, Bambina Rosa. Hai fatto piangere il mio amico… guarda com'è triste, adesso." Torco fra le dita l'orecchio della bestiaccia, e dopo un breve ringhio di avvertimento, lui guaisce di nuovo, proprio come un cucciolo rimasto chiuso nello stanzino delle scope. Lentamente, Ellie solleva la testa dalla spalla di Alice e si volta a guardarci. Greylord è accucciato accanto a me e si copre il muso con la gigantesca mano pelosa, in cui spiccano artigli capaci di squartare un uomo, come io stesso posso testimoniare. Di tanto in tanto sbircia fra le dita aperte e lancia un guaito strappacuore. Tanto di cappello al mio amico, che si presta a tutto questo per una piccola umana appena conosciuta. La bambina si sta asciugando gli occhi con il dorso della mano. Sempre con la massima circospezione, scivola giù dalle gambe di Alice e fa un passo esitante verso di noi.

"Vieni, Ellie. Vieni a sentire com'è morbido. A lui piace essere accarezzato, vero cucciolone?"

Lo gratto in mezzo alla fronte e dietro un orecchio. Non me la perdonerà mai, ma è per una buona causa, diavolo!

Ci vuole un bel po', ma alla fine la piccola mi raggiunge e mi prende la mano, prima di allungare l'altra verso la testa del bestione. Prima solo un dito, poi tutto il palmo, e sorriso e colore riaffiorano sul suo viso. Il ghiaccio è rotto, e per la successiva mezz'ora il mio ex-acerrimo nemico si trasforma davvero nel cucciolo più affettuoso e giocherellone del mondo. Si lascia persino scalare come una montagna per concedere alla bambina di salirgli sulle spalle, ed Ellie ride, quando lui si erge in tutta la sua altezza permettendole di toccare il soffitto con entrambe le mani. Alice, seduta accanto a me, mi accarezza una spalla e mi sorride, grata.

"Ellie, hai capito chi è lui, vero?" le chiedo a un certo punto, mentre pare impegnata a contare i denti di Greylord e ridacchia tutte le volte che lui le lecca la mano.

"Uhm... è il tuo amico di prima. Si vede dagli occhi."

La mia piccola Sherlock... "Bravissima. Ed è anche il capo dei lupi che c'erano quella notte nel tuo giardino. Come ti ho detto, non siamo più nemici. Anzi. E adesso lui vuole essere anche amico tuo. Tu sei d'accordo? Hai ancora paura di lui?"

"No. È proprio un bravo cagnolone. Può venire con me a scuola domani?"

Sbuffi umidicci da parte di Greylord e risatina inorridita di Alice. Anche io fatico a mantenermi serio, immaginando l'effetto che una simile visita avrebbe.

"Non credo che sia una buona idea, Ellie. Ricorda, noi gente magica non amiamo farci vedere, né che si parli di noi in giro, ok?"

"Va bene… adesso però ho sonno. Mi accompagnate a dormire?"

"Tutti e due?" le chiedo, sinceramente stupito.

"Sì. Così mi ricordo che non devo più fare brutti sogni su di lui."

Con decisione, prende per mano me e Greylord e ci conduce su per la scala, minuscolo, innocente essere tra un non-morto e un figlio della luna. Forse canterò per lei anche stasera, e Greylord le farà da peluche finché non si addormenterà. E proprio noi, che siamo i brutti sogni di moltissima gente, terremo lontani i suoi incubi e la proteggeremo.

I RACCONTI NATALIZI

RED XMAS!

La prima delle mie tragicomiche avventure natalizie. Ribadisco che per noi vampiri è molto meglio non festeggiarlo. Guardate cosa succede quando ci proviamo.

Ecco, ci siamo di nuovo.

Natale.

Le strade intasate di umani alla ricerca di non si sa cosa.

Nemmeno dopo il tramonto si può stare in pace. Tutte queste lucine sfavillanti che mi danno fastidio agli occhi, e non si spengono mai, per tutta la notte. Addio privacy. Addio favore delle tenebre. Quali tenebre, dico io? Dov'è finito quel meraviglioso buio così utile, in cui si può squartare tranquillamente una persona senza avere l'impressione di farlo in mezzo allo Yankee Stadium durante la finale di campionato? Una cosa insopportabile, dovrei dire due paroline al Sindaco. Poi parlano di risparmio energetico.

Cosa ci faccio in giro, dite. Bella domanda, a parte il fatto che non sono affari vostri. Se proprio volete saperlo, sono in cerca di un regalo. Un regalo per Shibeen, la mia creatrice.

Sì, lo so, da vomito. I vampiri non dovrebbero festeggiare il Natale. Non c'è una festa che si allontani di più dallo spirito che ci anima. Il fatto è, caro lettore, che mentre cercavo nell'armadio qualcosa da mettermi, di appartenente a questo secolo, intendo, mi sono imbattuto in due pacchi nascosti, con il mio nome sopra. Ho passato la mezz'ora seguente a rigirarmeli fra le mani, scuotendoli, cercando di allentare il nastro adesivo per sbirciare all'interno. Non per curiosità, soltanto per capire l'entità della spesa, sapete. Nemmeno un indizio. Potrebbero contenere una bomba a orologeria, così come i gioielli della Corona. No, questo mi sento di escluderlo. Shibeen sa che odio i fronzoli. Il problema è che io non le ho comprato niente.

Siamo adulti, mi dicevo nei giorni passati. Abbiamo 1300 anni suonati, tra tutti e due. Siamo superiori a queste cose. Non abbiamo bisogno di scambiarci regali in questa zuccherosa ricorrenza, per rimarcare l'amore che ci lega. Già. Parole sante. Andatelo a dire a Shibeen.

E ora, alle 21.35 della vigilia, sono qui che vago per Londra come un idiota alla ricerca di qualcosa che possa soddisfarla. Se domani sera non le facessi trovare almeno un pacchettino, visto che lei me ne consegnerà due, non mi parlerebbe per tutto il prossimo anno. Lo so. Vedrei le sue labbra farsi sempre più sottili, il suo delizioso nasino puntare con decisione verso il soffitto, e poi non la vedrei più, perché schizzerebbe fuori dalla stanza come una scheggia e si andrebbe a sedere sul divano, braccia incrociate e broncio chilometrico. Me la farebbe pagare. Pagare cara.

Niente brindisi natalizio con quel delizioso AB negativo della sua riserva speciale, ad esempio. Lo darebbe tutto a suo fratello Seamus, ne sono sicuro.

Quindi, adesso entrerò in questo spaventoso centro commerciale che si innalza per piani e piani davanti a me, e lo ispezionerò tutto, fino a quando non troverò qualcosa che la possa soddisfare. Ce la posso fare. Ho più di tre secoli, le mie lenti a contatto verdi e il fondotinta di Shibeen sulla faccia. Sono stato per più di un secolo il Generale Supremo del Clan dei Diurni, nulla mi può fermare.

Non ce la posso fare.
Sette piani.
Trecento reparti.
Quarantasei ascensori.
Mi sento male.
Guardie armate ovunque, e ho l'impressione che stiano guardando tutti me. Lo so, non passo molto inosservato. Sono alto quasi due metri e ho i capelli, di un biondo chiarissimo, che mi arrivano fin quasi alla vita. Però sto tentando di camminare un po' curvo, e i capelli me li sono legati. Dovrebbero almeno apprezzare lo sforzo, ecco.

Devo essere rapido ed efficiente. Partirò dalla cima e scenderò. Chiudono alle undici, non ho molto tempo, ma ci saranno tantissimi reparti che non dovrò visitare, tipo quelli di abbigliamento maschile o di attrezzature per la cucina. Salterò anche la sezione mobili, a meno di non voler tornare a casa con una cassettiera barocca sulle spalle. Lei la apprezzerebbe, la mia moto un po' meno.

Eccomi in ascensore, circondato da un numero incredibile di umani ritardatari come me.

Idioti.

Per loro è una festa importante, che cosa ci fanno ancora qui a quest'ora? Avrebbero dovuto concludere i loro acquisti mesi fa, così non sarei qui, pigiato fra una vecchietta che puzza di naftalina e un turista sudato, avvolto in metri e metri di sciarpa scozzese, costretto a tenere il fiato per non avere la tentazione di aggredirli.

"Rimorso dell'ultima ora, eh?" mi apostrofa il turista. Australiano, a giudicare dall'accento. Sta per morire per un colpo di calore e si permette addirittura di sfottere.

"Forse" gli rispondo, fissandolo con sguardo vacuo. Che noia. Quest'ascensore ci sta mettendo una vita. Nessuno parla, neanche più *l'Aussie*.

"Signori, potreste dedicarmi un momento della vostra attenzione, per favore?" dico a un tratto. Ho un attacco di Raistanite all'ennesima potenza, non riesco a trattenermi. Tutti mi stanno guardando.

"Adesso, ciascuno di voi spoglierà la persona che ha accanto e copulerà con lei, o lui, in modo molto appassionato. Aspetterete che io scenda, poi bloccherete le porte dell'ascensore e trascorrerete una Vigilia di Natale indimenticabile. È tutto chiaro? Lei, signora, ha capito? Sì, sì, lui va benissimo, ha la faccia da stallone, non se ne pentirà."

Ding!

Neanche fosse la campana che annuncia un nuovo round su un ring di pugilato, quando le porte si aprono si scatena un vero putiferio. Prima che si richiudano, faccio in tempo a vedere la vecchietta abbarbicata alla sciarpa dell'australiano, sempre più paonazzo, mentre lui le strappa via di dosso il cappotto color cammello e travolge nel suo impeto un'altra coppia di perfetti sconosciuti che sono già passati al dunque poco più in là. Saluto l'allegra compagnia con un cenno della mano e mi concedo una bella risata.

Piano 5 – due sono interrati – Sport e bellezza. Direi che siamo fuori target. Fuori uno. L'unica scocciatura è che dovrò trovarmi un altro ascensore.

Piano 4 – Abbigliamento mocciosi e giocattoli. Non ci siamo. Meglio così. Fuori due.

Piano 3 – Mobili, *home entertainment,* accessori per la casa. Toh, guarda, una galleria riservata a fossili e minerali, andrò a dare un'occhiata. Adoro i minerali. Solo cinque minuti, poi mi dedicherò di nuovo a Shibeen.

"Buonasera. Posso aiutarla?" *(spero proprio di sì, bel topone!)*

Servizievole, questa commessa, e con un didietro da urlo. Mi ha appena chiamato mentalmente topone, ma potrei anche perdonarla, se si dimostrerà gentile.

"Stavo osservando questa splendida ametista…"

"Vedo che se ne intende. È il pezzo migliore del negozio…"

"Dopo di lei…Sybil…"

Sì, lo so, non è leale. Sto facendo il cascamorto in modo clamoroso. Ma è solo per ottenere uno sconto. La vedo arrossire e le rivolgo un sorriso allusivo, mentre mi appoggio al pilastro accanto alla teca di cristallo e catturo i suoi occhi con i miei. Non voglio incantarla, non sarebbe divertente, ma lei sembra partita lo stesso. Sta pensando a come le piacerebbe insinuare una mano nei miei pantaloni, per vedere se il tizio che ci abita è proporzionato al resto. Io d'altronde, mi sto chiedendo se le sue tette sono sode per natura o grazie al *push-up* che indossa.

"Nel retro… abbiamo dei pezzi ancora più interessanti… Oh mio Dio, che sto dicendo?" balbetta, senza mai staccare gli occhi dai miei.

"Davvero? Sarei molto curioso di esaminarli" le rispondo, e il mio ghigno si allarga a dismisura. In fondo, Harrods non è un brutto posto, si fanno incontri simpatici. Il suo culo si dirige verso il famigerato retro e io lo seguo.

Eccomi qua.

Milleduecento sterline di ametista, la scopata più costosa della mia vita, ma ne è valsa la pena. Mi sento molto più pervaso di spirito natalizio, quasi quasi potrei mettermi a cantare anch'io *Jingle Bells,* ma guardo l'ora e capisco che non è il caso. Ho ancora da esplorare quattro piani e solo più tre quarti d'ora per farlo.

Toh, c'è un po' di subbuglio davanti a un ascensore, dev'essere quello in cui i miei amici si stanno divertendo. Chissà se la vecchietta è riuscita a liberare l'australiano dalla sua sciarpa…

Va bene, ne prenderò un altro. Ce ne sono ancora quarantacinque a mia disposizione.

Piano 2 – *Tablewere*, Decorazione per la casa, Bagno e Letto… mmm, interessante. Sono due ambienti che ci piace molto frequentare. Vediamo un po'. Dove sono finiti i commessi? Potrebbero spacciarmi una tenda da balcone per prezioso lino egiziano e non mi accorgerei della differenza, ho bisogno di qualcuno. 'Biancheria da letto', recita l'insegna e in effetti, un letto gigantesco troneggia al centro del negozio. Peccato non essermene accorto prima, io e la gemmologa saremmo stati molto più comodi qui che non sulla sua scrivania, circondati da montagne di casse e scatole.

"Mi dica, ha bisogno?"

Una voce imperiosa e piuttosto aspra mi fa voltare di scatto. Se la ragazza del negozio di pietre era Biancaneve, questa è la matrigna cattiva. Sui cinquant'anni, vestita con un severo tailleur grigio perla, ha i capelli acconciati in un inquietante caschetto un po' gonfio, neri, con due ciocche bianche a incorniciarle il volto spigoloso e severo. La odio alla prima occhiata, soprattutto quando percepisco i suoi pensieri, in cui primeggiano noia e irritazione per la mia presenza nel suo regno a un'ora così tarda.

"Vorrei vedere delle lenzuola… per un regalo."

"Di che tipo? Lino? Seta? Cotone? Flanella? Tinta unita o fantasia? Stampate o ricamate? Una parure completa o pezzi separati?"

Io mi sono perso alla seta, figuratevi. La fisso con sguardo vacuo e scuoto la testa. "Non ne ho idea. Belle."

Inarca un sopracciglio e mi squadra come se avessi bestemmiato. Io mi sto stuzzicando un canino con la lingua e sto prendendo in seria considerazione l'idea di squarciarle la gola.

"Tutto quello che abbiamo qui, è bello. Quanto aveva intenzione di spendere?" mi chiede con tono glaciale, squadrandomi con aria un tantino schifata. Sta pensando che dovrebbero impedire l'ingresso in negozio ai *biker*, mi ha scambiato per uno di loro. In effetti, il mio abbigliamento può ingannare, stasera.

"Non ha importanza. Lei mi faccia vedere le cose migliori."

"Benissimo. Io starei sul lino, è molto attuale e sempre molto raffinato. Ad esempio…"

Dopo quasi mezz'ora e l'esposizione della totalità della merce del negozio, che rifiuto pezzo per pezzo con piacere perverso, sono pronto a uscire. Non ho comprato niente e non l'avrei fatto nemmeno morto, insomma, più morto, anche se c'erano articoli davvero interessanti, che Shibeen avrebbe sicuramente apprezzato. Questa strega non otterrà nemmeno un penny, da me. Beh, però… a pensarci bene… siamo a Natale, bisogna essere più buoni, quindi voglio farle un regalo.

"Mi guardi. Brava, così. Lei ha bisogno di rilassarsi, se continua così si farà venire una gastrite. Non ci siamo, no no… Adesso andrà a coricarsi su quel bellissimo letto, si toglierà il *tailleur* e incomincerà a toccarsi, esprimendo a voce molto alta la sua soddisfazione. Vedrà, dopo si sentirà molto meglio. È tutto chiaro?"

"Chiarissimo…" mi risponde con voce sognante e uno strano sguardo rapace negli occhi.

"Bene. Allora… buon divertimento e… Buon Natale."

"Anche a lei, signore. È stato un piacere servirla."

"Lo sarà ancora di più fra poco, vedrà. Auguri."

Esco dal negozio, ma mi fermo subito al di là della vetrina per assistere allo spettacolo. L'arpia ha diligentemente eseguito il mio ordine e se ne sta coricata sul letto, in guepiere e giarrettiere nere, con entrambe le mani ficcate negli slip, a contorcersi e gemere come una professionista del mestiere. È uno spettacolo talmente inquietante che mi sfugge una risatina agghiacciata, mentre, a poco a poco, lo spazio davanti al negozio si riempie di gente che osserva allibita la scena. Molti ridono; le madri coprono sollecite gli occhi ai bambini e li trascinano lontano; alcuni scattano foto con i cellulari. Io devo scappare. Ho solo più una ventina di minuti e sono a mani vuote. Una tragedia. Shibeen mi ammazzerà.

Consulto rapidamente la mappa dello *store*, è l'unico modo.

Piano 1 – Lingerie, tra le altre cose. Buona idea, anche dal mio egoistico punto di vista.

Irrompo nell'enorme negozio a una tale velocità che la commessa trasalisce.

"Salve. Mi scusi, sono di fretta e parecchio disperato. Devo assolutamente trovare qualcosa per la mia… fidanzata."

Ho appena finito di formulare la frase, quando dagli altoparlanti si diffonde un annuncio dal carattere molto definitivo: *'Per problemi tecnici, Harrods chiuderà con quindici minuti di anticipo. Si pregano i signori clienti di avviarsi verso l'uscita e di non usare per nessun motivo l'ascensore numero 16. Ci scusiamo per il disagio e vi diamo appuntamento a domani, per i nostri favolosi saldi.'*

Posso solo guardare con aria sconsolata la commessa, che allarga le braccia e mi rivolge un sorriso comprensivo.

"Domani scontiamo tutto al 30%. Se viene presto troverà sicuramente qualcosa di suo gusto…"

"Domani sarò già morto" dichiaro, e mi avvio assieme agli clienti verso l'uscita. Io e la mia ametista, non dimentichiamolo.

Odio Harrods.

Odio il Natale.

Spero di incontrare una di quella allegre combriccole di cantori di carole. Gliene canterò una versione tutta mia.

Oh, toh, guarda, un gattino. Un gattino nero come Mortimer, il micione che Shibeen ha tenuto per tanti anni.

"Vieni, micio… vieni, bravo. Sai una cosa? Con un bel fiocco rosso al collo staresti da Dio. Shibeen ti adorerà e ti adoro anch'io, mi hai salvato la vita…"

"Signore… ehi signore, quel gattino è mio."

C'è un irritante marmocchio parecchie spanne più in basso rispetto al mio campo visivo e mi sta strattonando per la giacca. Ma a che cazzo di ora vanno a dormire, i bambini moderni? Gli rivolgo uno sguardo schifato e mi guardo bene dal mollare il felino.

"Non ho visto nessun nome scritto sul gatto. Sparisci."

"Ma…"

Mi piego sulle ginocchia e gli rivolgo un ringhio a pieno canino. Lo so che è sleale. Avrà sì e no dieci anni, mentre io ne ho trecento. Sto per rubare il cucciolo a un bambino per salvarmi il culo. Non sono mai sceso così in basso. Vi ho già detto che odio il Natale?

Come prevedibile, lui si mette a piangere e corre via, mentre io mi dirigo verso la moto, grattando le orecchie al gattino e pregustando la reazione di gioia di Shibeen. Naturalmente ometterò quest'ultimo, spiacevole battibecco.

"Ehi, tu."

Sento questo richiamo provenire dalle mie spalle e mi volto, poi è come se un treno merci mi investisse in piena faccia. Mi ritrovo sdraiato sul marciapiede, stordito, a fissare molto da vicino gli occhi gialli di un lycan dormiente che tiene per mano il bambino di poco prima. Piccolo bastardo, è andato a chiamare rinforzi. È incredibile la slealtà delle persone, fin dalla più tenera età.

"Ti va bene che c'è gente, vampiro, altrimenti ti avrei già sbranato. Questo è il gatto di mio figlio, giù le mani. E già che ci sono mi prendo anche questo bel pacco di Harrods. Tornatene nel tuo loculo, e ringrazia che lo spirito natalizio deve aver ammorbato anche me. Che stronzo…"

Quando riesco a connettere di nuovo, il lycan e il suo mostriciattolo si sono già allontanati. Tanto vale che torni a casa e mi impicchi all'albero. Anzi, mi impalerò con il puntale.

Buon Natale anche a te, caro lettore.

A NATALE SONO TUTTI PIU' BUONI

Un'altra delle mie strambe avventure natalizie. Che ci crediate o no, sono cose che mi succedono davvero. Da qui la teoria del dio degli eventi surreali.

Credo che esista un dio degli eventi surreali.

Credo anche di stargli molto simpatico, perché di tanto in tanto mi coinvolge in episodi a cui si fatica a credere, tipo quello di alcune settimane fa, in cui un'arzilla ottantenne mi ha eletto suo chaperon per l'attraversamento di una strada molto trafficata, e alla fine mi ha anche invitato a casa sua a bere il the.

Questa volta, caro lettore, mi ha preso di mira mentre me ne stavo tranquillo per i fatti miei in un locale notturno di Londra, senza altro desiderio che sorseggiare un drink in santa pace, ascoltare un po' di musica e magari trovare una dissetante compagnia per la serata. Deve aver capito che stavo cercando una delirante compagnia, e si è dato da fare per trovarmela. Sentite com'è andata.

Immaginate la scena: io, stravaccato su un divanetto un po' in disparte, vagamente stordito dalla vodka che stavo centellinando e dalla canna di cui aspiravo pigre boccate di tanto in tanto. Mi ero assuefatto al martellare della musica, godendo della vibrazione data dai bassi nel mio petto. Era come avere di nuovo un cuore e non era spiacevole. Mi guardavo intorno, ma senza un particolare interesse, convinto che quando avessi trovato quello che stavo cercando, lo avrei capito. D'un tratto, ho sentito uno sguardo puntato su di me e mi sono voltato nella direzione da cui la sensazione proveniva. Ho un aspetto che non passa inosservato e non di rado attiro l'attenzione di qualcuno, ma c'era un'intensità particolare in quella percezione, che non poteva sfuggirmi.

A fissarmi, con un sorriso ebete sul viso e le mani giunte sul cuore, era una ragazza sui venticinque anni, né brutta né bella, né alta né bassa, né magra né grassa. Anonima, si sarebbe potuta definire, anche nel modo di vestire: maglioncino rosso a collo alto, jeans, del tutto discordante dal look dei frequentatori del locale. In questo spiccava come un faro nella notte, devo ammetterlo. Anche il muso di renna sorridente che portava ricamato sul davanti spiccava. Sembrava fissarmi e promettermi meraviglie. Di solito, una tipa così scappa a gambe levate, quando mi vede. Lei no. Se ne stava lì, nella penombra, a una decina di passi da me, e mi guardava come se fossi un'apparizione della Madonna di Lourdes. Ho iniziato a saettare lo sguardo tutto intorno. Mi sono persino guardato alle spalle, trovando impossibile che fossi proprio io l'oggetto del suo interesse e della sua espressione estatica.

Magari è un cosplayer della Barbie, o di Pollyanna. Magari sotto il maglioncino nasconde frustino e catene e le piace giocare alla bella e la Bestia, ho pensato.

L'osservazione è andata avanti per più di cinque minuti di fila. Fino a quando, cioè, ho indirizzato anche io il mio sguardo su di lei e ho inarcato un sopracciglio in una muta richiesta di spiegazioni. Deve averlo interpretato come un segnale, perché il suo sorriso si è allargato e la ragazza è venuta verso di me a piccoli passi briosi, sempre con le mani giunte sul cuore. Lo squilibrio mentale assume molte forme, questo è certo, caro lettore.

"Ciao! Posso sedermi?" ha urlato per superare il martellare della musica, con un sorriso che si faceva sempre più ampio. Non le ho risposto. Le ho solo fatto un cenno con la mano per invitarla ad accomodarsi al mio fianco, senza per altro modificare in alcun modo la mia posizione sul divano. Avrebbe dovuto adattarsi al mio braccio sullo schienale, vale a dire quasi al mio abbraccio. La cosa non è sembrata impensierirla più di tanto.

"Io sono Debbie! Tanto, tanto piacere di conoscerti!" ha trillato, tendendo davanti a sé la piccola mano paffuta. Smalto rosa sulle unghie, manco a dirlo. Non ho ricambiato il gesto. Mi sono limitato a fissare la manina, per poi riportare lo sguardo sul suo viso, traboccante di… gioia.

"Perché?" le ho chiesto, aspirando una lunga boccata dalla pseudo-sigaretta. Lei me l'ha sottratta e l'ha spenta nel portacenere sul tavolino davanti a noi. Il suo sorriso non ha vacillato nemmeno per un istante, mentre lo faceva. Io ho sentito il secondo sopracciglio salire a fare compagnia al secondo, molto in alto sulla fronte.

"È dalle abitudini più dannose che dobbiamo partire, se vogliamo davvero cambiare noi stessi" ha sentenziato.

"Sssssì. Senti, cosa sei? Una suora in incognito? Una missionaria? Che cosa vuoi da me?" le ho chiesto, col tono più gentile che mi riusciva di mettere assieme. Lei si è messa a ridere, come se avessi fatto la battuta più divertente del mondo.

"Ma no, sciocchino! Sono solo una persona che ha deciso di fare la sua parte per cambiare il mondo in meglio! Io lo so cosa sei tu…" ha sussurrato queste ultime parole, facendomisi vicina, per poi coprirsi la bocca con una mano e ridacchiarci dietro, gli occhi splendenti di gioia a stento trattenuta.

Secoli di esercizio mi hanno permesso di mantenermi impassibile alla sua affermazione, ma non ho potuto impedirmi di saettare lo sguardo attorno, per vedere se qualcun altro l'avesse sentita.

"Ah, sì? Sentiamo, cosa sarei?"

"Un vampiro! La sorella del cugino di una mia amica viene spesso qui e mi ha parlato di te! Per prima cosa volevo dirti che non ce l'ho con te, non pensarlo nemmeno. Non sono mica razzista! Provo anzi, molta comprensione e compassione per te. Dev'essere orribile essere considerati mostri. Davvero orribile. Beh, io non lo penso. So che anche in voi c'è del buono. Ci dev'essere, perché anche voi siete creature di Dio e Dio non crea niente che non sia buono e giusto. Questa è la tua occasione per dimostrarlo. Io sono la tua occasione per dimostrare al mondo intero che voi vampiri non siete gli abomini che tutti immaginano, ma degli esseri con sentimenti intensi come quelli delle persone vere!"

Se non ci fossero stati i capelli, le sopracciglia mi avrebbero circumnavigato la testa per riapparire nella zona del mento, tanto grande era la mia sorpresa per quella dichiarazione di intenti. Ho aperto la bocca per dire qualcosa, ma lei mi ha appoggiato un dito sulle labbra per zittirmi.

"Lo so, sei commosso, non c'è bisogno di ringraziarmi. Vieni, andiamo a fare una passeggiata! Siamo sotto Natale, tutta la città è vestita a festa. Voglio che tu ti renda conto della bellezza che hai intorno e che sicuramente hai smesso di vedere molto tempo fa!"

Mi ha preso per un polso, ma naturalmente non è riuscita a smuovermi di un millimetro. Per parte mia, ero convinto di essere vittima di una candid camera. Le ho sottratto il polso con stizza, ma lei non è parsa scoraggiata dal mio gesto, anzi. Quella felicità indiavolata nei suoi occhi si è persino intensificata.

"Dimmi, ragazza. Sei matta?" le ho chiesto, trattenendomi a stento dal ringhiarle in faccia.

"No. Sono una guerriera. Una guerriera del bene. Se sapessi come ci si sente… Dai, ti prego, vieni fuori con me. Facciamo un giro! Non sei felice che non abbia paura di te? Che ti stia parlando come se tu fossi una persona qualsiasi? Ti capita spesso?"

"No" e quella era la pura verità.

"Vedi? Vedi? Io posso aiutarti, davvero! Non senti la mia buona volontà? La mia purezza? Io ti voglio bene, così come amo tutte le creature. Permettimi di dimostrartelo!"

Beh, se era uno scherzo, volevo divertirmi un po' anch'io, che cazzo.

"Va bene. Andiamo a fare due passi" le ho detto. Per tutta risposta, mi è saltata al collo con le braccia e mi ha stretto forte, infischiandosene di mettere la sua gola a pochi centimetri dalle mie zanne. Io le pazze me le scelgo con cura, delle vere professioniste.

"Grazie! È uno splendido regalo di Natale quello che mi fai! Vieni, andiamo!"

Siamo dunque usciti dal locale e lei si è attaccata al mio braccio come se fossimo vecchi amici, senza smettere un attimo di blaterare di luci, alberi di Natale, redenzione e altri vomitevoli concetti. Intendiamoci, ero colpito dalla sua apparente assenza di paura. Si era costruita una tale corazza di bontà intorno, da pensare di essere invulnerabile grazie ad essa. Di tanto in tanto rispondevo alle sue domande: lei ascoltava compita le mie risposte, accompagnandole con grandi cenni affermativi della testa, gli occhioni sgranati e l'onnipresente sorriso sulle labbra; mi ha raccontato di sé, della sua famiglia – a sentirla, un quadretto idilliaco – dei suoi animali e delle cose che le piaceva fare. In più non mancava di farmi notare le cose positive che vedeva attorno a sé, dai cantori di carole agli innamorati che se ne andavano in giro mano nella mano. Mi sembrava sempre più suonata, sapete.

"E i militari in giro per il pericolo di attentati? E i mendicanti che chiedono l'elemosina ad ogni angolo? E le persone sole, che passeranno un Natale di merda, senza nessuno che si ricordi di loro? Non li vedi quelli, ragazza?"

"Certo che li vedo, ma loro non sono così senza speranza come te" mi ha risposto, con candore. La frase poteva avere un duplice significato e sono certo che lei intendesse quello meno offensivo e deprimente, ma non mi è piaciuta lo stesso. In realtà, grazie al nostro connubio si stava creando una particolare reazione chimica: assorbivo la bontà che lei trasudava da ogni poro per trasformarla in altro, usando il mio corpo come incubatrice per ulteriore odio e negatività. Stava funzionando da dio, ma lei non poteva rendersene conto, non senza capire che cosa significasse il mio sorriso, sempre più largo per ogni minuto che passava. Cara ragazza, in effetti mi faceva stare bene. La guardavo e immaginavo il suo viso stravolgersi nella paura e nella sofferenza. Nella sorpresa terribile che avrebbe avuto quando si fosse resa conto dell'inutilità del suo pensiero e delle sue parole, infarcite di frasi fatte e di luoghi comuni.

"Sono contenta di vederti sorridere. Sei molto bello, quando lo fai. Vuol dire che mi stai ascoltando davvero!"

"Certo. Non mi perdo una sola parola e condivido tutto quello che dici. Senti, perché non continuiamo la conversazione a casa mia? Ti vedo molto infreddolita, non vorrei che ti prendessi un malanno e non potessi godere di uno splendido Natale con la tua meravigliosa famiglia... Davvero, sono molto, molto ansioso di sentire tutto quello che hai da dirmi."

Un'ombra di paura ha incrinato leggermente il suo sorriso, e per qualche istante non è stata in grado di rispondermi. Io ho abbassato gli occhi a terra, contrito.

“No, hai ragione, scusa se te l’ho chiesto. È ovvio che hai paura. Speravo solo che dopo quello che mi hai detto mi dimostrassi fino in fondo la tua fiducia, ecco.”

Sono un bastardo e me ne vanto, caro lettore.

“Ma.... Ma certo che verrò! Certo che mi fido! Stavo solo pensando a quando passa l’ultimo treno…”

Bugiarda. “Ti riaccompagno io, vuoi scherzare? È il minimo che posso fare per sdebitarmi. Nessuno si è mai preoccupato così per la mia anima.” E meno male, aggiungerei. “Prometto che non faremo tardi.”

“Va bene, Ray. Vengo molto volentieri” ha detto, accarezzandomi una mano con fare materno.

“Splendido. Guarda, lì c’è la mia macchina. Meno di mezz’ora e ci siamo.”

“Vivi da solo?”

“Non proprio, ma la persona con cui abito è assente, al momento. Anche lui ha qualcuno di cui occuparsi.”

“Lui? Oh… capisco.”

“Già. Andiamo?”

Ed eccoci a Kensington, nel mio cottage. Grazie alla presenza e al gusto di Guillaume, il vampiro francese con cui convivo da qualche tempo, è una casa molto accogliente. Anche la ragazza è sembrata pensarla allo stesso modo. Forse si aspettava un antro con bare a vista e pipistrelli svolazzanti qua e là, corredato di ragnatele, modello casa degli Addams. La paura che percepivo in lei in macchina – l'unico sentimento normale che ha dimostrato in tutta la serata – è stato spazzato via dal sollievo e dalla contentezza. Le sue guance hanno ripreso il consueto colore rosato e persino la renna sulla sua maglia è apparsa ringalluzzita.

"Mettiti comoda, ti prego. Gradisci qualcosa da bere?"

"Solo un bicchier d'acqua, ti ringrazio."

"Arriva subito."

Mentre sparivo in cucina per procurarle la sua bevanda, l'ho vista sedersi con cautela sul divano di pelle nera, guardandosi intorno interessata. Ma come diavolo si può essere così stupidi e ingenui? mi dicevo io. Tornato in soggiorno mi sono seduto accanto a lei, regalandole un ampio sorriso.

"Grazie! Tu non bevi niente?"

"Tra poco. Oh, sì" le ho risposto e ho sentito il mio stesso sorriso mutare, a partire dagli occhi. È stata una bella sensazione, per me. Molto meno per lei. L'acqua le è andata di traverso e io le ho battuto dei colpetti sulla schiena, con molta, molta delicatezza.

"Attenta, bambina sbadata… tutto a posto?"

"Sì, sì, grazie… sto bene."

"Mi fa piacere. Ma ti prego, continua il tuo discorso. Secondo te, se mi abbeverassi ogni giorno della bellezza che mi circonda, non avrei quasi più bisogno di nutrirmi di altro. Potrei quasi vivere d'aria. Non è quello che sostieni?"

"Beh, non sono così ingenua. Tutti abbiamo bisogno di cibo, e voi, purtroppo, avete bisogno di sangue. Ma ci sono gli animali… e le sacche degli ospedali… non hai mai pensato di usare quelle?"

"Le uso infatti."

Sul viso le si è dipinto un sollievo indicibile, accompagnato dal super-sorriso dell'anno.

"Davvero? Ma perché non l'hai detto subito? Io credevo…"

"Solo che devi lasciarmi finire la frase. Le uso… quando non c'è niente di meglio, e quando sono troppo pigro per uscire."

Ho lasciato che una frazione della mia aura si levasse nell'aria, mentre mi facevo un po' più vicino a lei sul divano. Era quasi mezzanotte. L'ora dei vampiri. L'ora della paura. Giù la maschera, ragazza. Giù la maschera.

"Non fare così! Stai cercando di spaventarmi! Devi contrastare la tua natura che ti spinge a comportarti in questo modo! Se ci riuscirai, tutti ti vorranno bene e non dovrai più nasconderti! Renderai un incredibile servizio a tutta la tua razza, pensa come ti saranno riconoscenti! Ti aiuterò io, te lo prometto! Io non voglio avere paura di te e non ne avrò. Lascia che ti abbracci. Lascia che ti dimostri che mi fido di te."

Mi ha teso le braccia e io mi ci sono rifugiato dopo un attimo di esitazione. Ha preso ad accarezzarmi i capelli come si farebbe a un bambino, cristo di dio, alternando le carezze a colpetti sulla schiena. Era ora di fare conoscenza con il suo odore e di renderla partecipe del mio vangelo. Non c'è gusto a recidere un fiore già appassito. Bisogna coglierli quando sono ancora in boccio, o hanno appena cominciato a fiorire.

Le mie braccia si sono chiuse attorno al suo corpo morbido, assaporando il suo odore e il suo calore; la mia aura si è sprigionata in tutta la sua intensità, arricchita di divertimento e brama di fare del male, quanto non provavo da molto tempo. Perché non mi piaceva come mi aveva fatto sentire. Non mi era piaciuto per niente.

"Ray…. Mi… mi fai male. Lasciami! Ti prego, controllati, devi riuscirci!"

"E perché?" ho sibilato nel suo orecchio. "Io non sono il regalo di Natale di nessuno, non lo sono mai stato e mai lo sarò. Non certo per una ragazzina piena di sé, che pensa di potermi dire come devo vivere, dopo 310 anni. Tu, piuttosto, sarai il mio. E al diavolo il dettaglio che i vampiri non festeggiano il Natale. Per te farò volentieri un'eccezione. Vedi che qualcosa per me sei riuscita a farlo?"

"Hai promesso! Ti prego, hai promesso!"

"Sono un bugiardo. Lo siamo tutti, ma tu hai dato per scontato che nessuno potrebbe amarmi così come sono, e invece non è vero. Qualcuno mi ama, anche se sono uno stronzo. Buonanotte, dolce Debbie. Il tuo maglione fa schifo, a proposito."

Cercava di fare forza contro le mie spalle per indurmi a lasciarla, ma non aveva speranza. Non l'ha mai avuta, sin da quando ha deciso di avvicinarmisi, in quel locale. Perché io sono quello che sono e la mia natura non si può cambiare ed è offensivo che una ragazzina che i vampiri li ha visti solo in TV abbia la presunzione di riuscirci.

Io sono Raistan.

Sono vecchio, cinico e bastardo.

Love me or leave me, come dicono da queste parti.

Ah, il suo sangue era una delizia. Sapeva di rosa.

Un po' è finito sul muso della renna, smorzandone il sorriso. Era molto più bella, così.

LA RECITA

*Ti fa ridere l'idea di un vampiro a una recita natalizia? O
forse ti fa venire i brividi? Beh, sappi che non è la prima a cui
assisto. Magari un giorno ti parlerò di quelle che ho visto in un
tempo ormai lontano, per la gioia di un bambino di nome George.
Lui suonava il piano ed era un piccolo genio. Ellie... è solo la mia
Ellie, e non mi serve altro.*

Questa volta non ti parlerò di come ho trascorso la notte di
Natale, perché ti annoieresti a morte: non ho fatto altro che
guardare vecchi film stravaccato sul divano, fumando una sigaretta
dopo l'altra e sorseggiando drink corretti. Il mio vero Natale l'ho
trascorso il 23 dicembre, a Londra, a una recita scolastica.

No, non sono impazzito, e non dovete nemmeno
aggrapparvi ai braccioli della poltrona temendo il peggio, perché i
bambini sono tuttora il mio unico *taboo* in una vita in cui la
considerazione per gli umani è pari a quella di un cuoco per un
pollo.

Qualche giorno prima avevo ricevuto una mail da parte di
Alice Andrews, che tra le altre cose mi informava che lo
spettacolino di Natale alla scuola di Ellie si sarebbe tenuto proprio
l'antivigilia. Roba da far cariare i denti, lo so, ma sapete, ho sempre

avuto un rimpianto. Anni fa avevo dovuto dare un grosso dolore alla mia piccola umana annunciandole che non avrei mai potuto andarla a prendere a scuola, anche se lei avrebbe desiderato presentarmi alla maestra che l'aveva rimproverata per via di un disegno in cui mi aveva ritratto con le mie caratteristiche salienti.

"I vampiri sono brutti e cattivi e non esistono!" le aveva detto, mandandola in confusione. Lei non intendeva disegnare un vampiro, solo un amico, e avrebbe voluto che la maestra mi vedesse per darle la prova che la persona del disegno non era frutto della sua fantasia, ma al tempo mi era sembrato impossibile. La mail dell'altra sera ha fatto squillare un campanello nella mia testa. Al diavolo, perché no? mi sono detto. Ne sarebbe valsa la pena solo per vedere la faccia della stronza. Nessuno sgrida la mia piccola senza un motivo. E il suo disegno era davvero bellissimo, lo conservo ancora oggi. Lei mi ha sempre accettato com'ero. Ama i miei occhi da serpente, i miei capelli, e il mio tocco freddo non la sconvolge affatto. "Tu non sei brutto e nemmeno cattivo. Sei solo diverso. A me piace, come sei" mi dice sempre, e nessuno mi fa sentire come lei. Quindi glielo dovevo, oltre al fatto che avevo preso alcuni regali per la sua famiglia e desideravo consegnarglieli in tempo.

L'altra sera ho fatto in modo di trovarmi davanti alla casa degli Andrews con un certo anticipo, perché non sapevo dove fosse la scuola e intendevo seguirli di nascosto, per fare una sorpresa alla mia piccola amica. Così è stato. La macchina è partita con il suo allegro carico, e io dietro a breve distanza, ma senza farmi vedere.

Ho perso un tantino il coraggio davanti all'edificio scolastico, nel vedere tutti quegli umani sfilare all'interno. Anzi, diciamolo, sono stato colto da un massiccio attacco di indecisione. Che ci faceva, lì, uno come me? Osservavo tutto un po' nascosto nell'ombra, quasi sopraffatto dalle voci, dagli odori e dai pensieri della gente, e stavo seriamente prendendo in considerazione l'idea di andarmene, quando ho visto lei, la mia piccola umana, con il piumino rosa da cui spuntavano i lembi del costume. Aveva gli occhi che brillavano di aspettativa e di eccitazione, i capelli biondi raccolti sotto una coroncina luccicante, e ho deciso che non potevo perdermela. Di tanto in tanto ho bisogno di raccogliere qualche immagine felice, per portarmela dietro e usarla quando le cose vanno male, o quando la solitudine minaccia di farmi impazzire. Quella poteva essere una.

Ho aspettato che tutti entrassero, poi mi sono sistemato in fondo, in uno degli ultimi posti rimasti liberi, proprio accanto a una coppia di anziani. Lei mi ha rivolto un sorrisone molto finto e si è sporta verso di me per chiedermi con aria cospiratrice quale fosse "il mio". Lì per lì non ho capito a cosa si riferisse e l'ho guardata con aria interrogativa.

"Il bambino! Suo figlio partecipa allo spettacolo?"

"Ehm… no. Sono un amico di famiglia del primo angioletto sulla destra."

Sul palco, infatti, i piccoli attori avevano iniziato lo show, ed Ellie era molto compresa nella sua parte. Come aspetto era perfetta, d'altronde. Lei è il mio angelo, e lo sarà per sempre, anche se la visione in cui l'ho vista al mio fianco non dovesse avverarsi.

La recita? Beh, che dire… Sono troppo vecchio, troppo cattivo, troppo cinico e troppo vampiro per poter apprezzare un simile sfoggio di buoni sentimenti e spirito natalizio, ma non mi importava: io non avevo occhi che per lei. La vecchia al mio fianco ogni tanto mi lanciava sguardi che da solidali si erano riempiti di disagio, forse per la mia totale immobilità, o forse per l'aura che emano senza nemmeno accorgermene. E dire che quella sera doveva essere molto lieve, perché non provavo sentimenti negativi, solo una vaga malinconia. Mi sarebbe piaciuto essere un padre, ma il fato ha voluto diversamente. Mi ha donato Ellie, tuttavia, con cui riesco a provare sensazioni che si avvicinano, forse, all'affetto di un uomo per la figlia e in qualche modo vengo ricambiato. È più di quello che merito e di ciò che avrei mai osato sperare.

Dopo un'oretta di canzoncine agghiaccianti, luoghi comuni fra i più triti e ritriti e banalità che si possono trovare soltanto allo spettacolo natalizio di una scuola elementare, i piccoli attori si sono ricongiunti alle rispettive, festanti famiglie. È stato allora che ho perso definitivamente il coraggio, e mi sono alzato, deciso ad andarmene senza farmi vedere dagli Andrews. Erano tutti così felici… Alice non faceva che abbracciarla, Jim parlava gesticolando e sorridendo come mai gli ho visto fare, e persino il piccolo Rob sembrava eccitato, anche se nessuno lo stava considerando. Poi Ellie si è voltata per caso e i nostri sguardi si sono incontrati per un attimo. L'ho vista sgranare gli occhi e spalancare la bocca, dopodiché non ho più avuto il tempo di fare niente. Un piccolo fulmine in abiti bianchi e svolazzanti si è precipitato verso di me, facendosi largo tra la gente che stava confluendo verso l'uscita, e mi sono dovuto arrendere al mio destino. Ogni volta rimango ammutolito per la meraviglia, mentre mi chiedo come sia possibile che la mia vista dia tanta gioia a qualcuno; sento le labbra distendersi in un grande sorriso ebete e, con tutta probabilità, zannuto, ma non faccio nulla per trattenerlo.

"Ray! Ray! Sei venuto a vedermi! Ti è piaciuto? Sono stata brava?"

L'ho sollevata tra le braccia e lei mi si è aggrappata al collo, stringendomi forte come fa sempre. Potevo percepire la sua felicità, come una corrente calda che ha fatto sentire bene anche me.

"Sei stata meravigliosa, piccola. Diventerai un'attrice fenomenale!"

"Non voglio fare l'attrice, io voglio curare gli animali! Oh, grazie, per essere venuto!"

Mi ha regalato un enorme bacio e poi si è messa a ridere e a strofinarmi la guancia, perché mi aveva lasciato l'impronta del lucidalabbra rosa. *Brrrr,* ha detto. Come qualcuno tanto tempo fa. Una bambina come lei. Keyra. Anche lei mi voleva bene e…

"Ma guarda un po' chi si vede!"

Alice e Jim ci avevano raggiunti. Lei mi stava guardando con affetto, molto meno Jim, che, anzi, non riusciva a dissimulare il fastidio per la mia intrusione e guardava ovunque tranne me. A salvarci dall'imbarazzo, Ellie, a cui non erano sfuggite le potenzialità della mia visita: "Ray, vuoi venire a conoscere la mia maestra? Finalmente vedrà che esisti davvero e che non sei brutto e cattivo!"

"Non me la perderei per niente al mondo, Bambina Rosa" le ho risposto, solenne.

"Raist, non so se..." Alice mi stava guardando con aria allarmata, ma l'ho tranquillizzata con un sorriso. O almeno quella era la mia intenzione...

"Vieni! Vieni Ray, è ancora là! Quella signora con il vestito verde, vieni!"

Signora col vestito verde. Uhm. Sarebbe stato più giusto definirla 'botolo'. Così questa è la donna incaricata dell'educazione della mia umana preferita. Spero per lei che faccia del suo meglio. Glielo auguro proprio. Io ci tengo molto, all'istruzione.

"È una brava maestra?" le ho chiesto, mentre ci avvicinavamo.

"La signorina Weasley, quella di aritmetica, è più brava, sorride sempre. Lei a volte ci sgrida senza un motivo, perché dice che le facciamo venire mal di testa..."

Ah, è così.

Devo darle atto di aver tentato fino all'ultimo di mantenere un'espressione cordiale, mentre ci guardava avvicinarsi, ma non mi è sfuggita la sua prima occhiata e il suo improvviso arrossire. Stava parlando con alcuni genitori, ma si è ammutolita all'improvviso, perdendo clamorosamente il filo del discorso. Anche i ricci sono sembrati afflosciarlesi un po'.

"Maestra! Te lo ricordi il mio disegno? È lui il mio amico. Hai visto che esiste davvero? Vedi che non è brutto? Lui si chiama Ray! Ray, lei è la mia maestra."

Ho fatto scendere Ellie dalle mie spalle e ho rivolto un lieve inchino alla donna, che mi stava fissando impalata.

"Lo... lo vedo, Ellie... molto... molto lieta."

"Il piacere è tutto mio, madame. Ellie mi ha parlato molto di voi. Come va il mal di testa, stasera?"

Ho accentuato un tantino l'aura malefica che mi porto sempre dietro, e la donna ha portato una mano alla fronte con aria sofferente, mentre Ellie ci fissava entrambi con aria interrogativa.

"In effetti, non mi sento molto… bene…"

"Ohhh, ma quanto mi dispiace. Forse dovreste sedervi, siete molto pallida."

"No, tanto tra poco saremo a casa…" ha balbettato. I suoi pensieri erano uno spettacolo, caro lettore. Un groviglio di incredulità, paura, preoccupazione per se stessa e per la bambina, perché se anche portavo le lenti a contatto e non avevo di certo rivelato i canini, le stavo facendo toccare con mano le mie maligne potenzialità, e in qualche modo, lei sapeva, e io volevo che sapesse.

"Ellie… dove sono la mamma e il papà?" ha chiesto, rivolgendo alla piccola uno sguardo quasi supplichevole.

"Sono là, a parlare con i genitori di Tommy. Vero che assomiglia a quello del mio disegno?"

"Sì, Ellie. In effetti hai fatto un ottimo lavoro. Adesso, se volete scusarmi… arrivederci, buon Natale."

Ha tentato di sfilarmi accanto, ma non ho resistito alla tentazione di sbarrarle la strada.

La prego… sembrava voler dire. Mi sono abbassato su di lei e le ho sussurrato all'orecchio quello che avrei voluto dirle da tre anni: "Se metterete ancora in dubbio la sua parola, vi squarcerò la gola. A morsi. Lei è mia, e nessuno può trattarla male. Chiaro, madame?"

"Ray, vieni! Ti faccio conoscere anche la maestra di aritmetica!" ha detto Ellie, tirandomi per la giacca. Ho lanciato un'ultima occhiata divertita alla nanetta paralizzata dal terrore, poi ho di nuovo preso in braccio la piccola e me ne sono andato con lei. Si accettano scommesse sul fatto che, dopo le vacanze natalizie, la stronza si prenderà un periodo di aspettativa. Ho fatto la mia buona azione, dovrà bastare per tutto l'anno.

A questo punto, soddisfatta la tua curiosità, torno a stravaccarmi sul divano a guardare film. Il sangue è intiepidito al punto giusto, e con un'adeguata correzione, e ho ancora una bella scorta del fantastico fumo di Ciro. Amo le vacanze natalizie, e tu, caro lettore?

Gli extra...

Crossover e ospiti.
E qualcosa che non vi abbiamo mai raccontato.

FINO ALL'ALBA

(Con Laura Costantini)

Questa storia si riferisce a un periodo lontano della mia vita del quale, forse per il desiderio di tenerlo unicamente per me, non vi ho mai parlato. Forse, prima o poi, lo farò. Robert Stuart Moncliff, l'highlander, e il suo compagno, Lord Kiran di Lennox, sono state due presenze molto importanti nella mia lunga vita, spesso priva di senso. Grazie a loro ho ritrovato, per un certo tempo, la gioia di vivere e la splendida consapevolezza che per qualcuno fosse possibile amarmi. Mi mancano terribilmente, ancora adesso. Ma io non dimentico. Saranno con me per sempre. Un grazie a Laura per averci permesso di entrare nel loro mondo e lasciare traccia del mio passaggio nelle loro vite, così come loro hanno fatto nella mia.

Patetico.

Così si sentiva Robert Stuart Moncliff, primogenito del barone scozzese Sir William Moncliff e novello sposo in luna di miele a Parigi. La Parigi di un principio di primavera del 1888. La città più bella e romantica del mondo. Il posto ideale per essere felici. A patto di avere la compagnia giusta. E sotto quel cielo orfano di

190

stelle, dove veleggiava una splendida luna, Robert era solo, arrabbiato e infelice. Aveva lasciato nella lussuosa suite sua moglie Catherine. Bella come una ninfa preraffaellita. E innamorata. Non gli era stato difficile fare il suo dovere di marito. L'aveva amata. Aveva saputo dedicarle un simulacro di passione che lei, inesperta, aveva preso per vera. Ma Robert si sapeva capace di ben altro. Di un trasporto che era tormento e paradiso. Non amava Catherine. Il suo cuore era rimasto a Londra, impigliato negli occhi, tra i capelli, sulla bocca di Lord Lennox. Sì, un patetico, infelice invertito. Così si sentiva Robert mentre si specchiava nella solitudine delle strade. Era tardi e la carrozza lo stava conducendo verso Montmartre. Non sapeva cosa stesse cercando mentre voltava le spalle allo splendore della Ville Lumière per tornare nei luoghi che, solo due anni prima, lo avevano visto felice e spensierato tuffarsi nella sregolatezza della vita di bohemien. Forse l'ebrezza dell'assenzio poteva fargli dimenticare che si era piegato all'ipocrisia del mondo e aveva accettato di fingersi marito mentre la sua anima soffriva per l'assenza del suo vero amore. A Kiran sarebbe piaciuta così tanto Parigi.

La carrozza lo lasciò a Place du Tertre. Robert si appoggiò al bastone da passeggio, impreziosito dall'impugnatura d'argento sbalzato. Un dono di Kiran. Celava una lama affilata e gli venne da sorridere. Fosse stato lì con lui, il conte lo avrebbe trascinato a caccia di guai, forte della loro abilità di spadaccini. Si limitò, invece, a respirare a fondo i profumi delle pittoresche stradine. Sporcizia, cibo, l'aroma dell'anice e del tabacco, oppio. Ricordava l'insegna e si diresse nel locale dove aveva parlato di pittura e di sesso con altri giovani sognatori in cerca di gloria. Di quei momenti ritrovò l'atmosfera, mentre toglieva il cilindro, si passava le dita tra i capelli per restituire loro la facoltà di svolgersi in onde dorate e lasciava vagare lo sguardo tra i tavolini occupati. Cercava volti noti, ma il suo sguardo venne invece catturato dall'angolo più lontano e più in ombra del bancone. Un manto di capelli serici su spalle fasciate di nero. A colpirlo furono l'opulenza e la lunghezza della chioma, ma soprattutto il colore mai visto prima. Nella sua mente di pittore giunse immediata l'associazione: il candore della nebbia, reso dorato dal sole appena sorto. Chiunque fosse quella persona, aveva lo splendore dell'alba nei capelli. E l'ombra in cui si celava non era sufficiente a nasconderlo. Un uomo, di certo. Era seduto, ma si intuiva un'altezza fuori dal comune. La giacca nera, forse un soprabito, aveva un singolare motivo di punte metalliche sulle spalle. Suggeriva l'idea di una divisa militare di un esercito sconosciuto. Il locale era affollato, ma c'era come una bolla di solitudine a circondare quella presenza. Robert si fece lentamente spazio tra gli avventori. Il sorriso di una giovane prostituta lo sfiorò, ma non ottenne la sua attenzione. All'improvviso l'unica cosa importante era accostarsi allo sconosciuto. E scoprire se il volto manteneva la promessa di bellezza che aveva percepito.

*

Un'altra.
Un'altra di quelle sere in cui la noia la faceva da padrona e la ricerca di qualche diversivo diventava un imperativo morale. Con questo spirito Raistan Van Hoeck era entrato nel locale a poche decine di metri da casa sua, dirigendosi alla sua postazione al limite

estremo del bancone, dove poteva osservare senza essere osservato. Almeno non troppo, ecco. L'oste lo conosceva e gli aveva riservato il solito cenno distratto della testa, per poi posare davanti alle sue mani guantate un bicchiere di vino rosso. Abituato com'era a una clientela alternativa, quel gigante dall'aria malinconica, sempre vestito di nero e con capelli lunghi come quelli di una femmina non lo aveva impressionato più di tanto nemmeno la prima volta in cui si era presentato, diversi anni prima. Se ne stava per lo più immobile al proprio posto, lo sguardo nascosto dietro a strani occhiali dalle lenti scure e ovali, sorseggiando con lentezza il vino, ma senza mai finire il contenuto del bicchiere. Una cosa aveva notato, l'oste: dopo pochi istanti dal suo arrivo, la gente cercava di frapporre la maggior distanza possibile da tra sé e lui. Dopo un paio d'ore se ne andava, salutandolo con un altro cenno del capo, lasciandogli sul bancone una mancia generosa, senza aspettare un saluto di ritorno.

Quella sera, tuttavia, qualcosa accadde, e proprio quando Raistan stava valutando l'idea di seguire una graziosa fanciulla appena uscita dal locale in compagnia di due pittoreschi individui.

Uno sguardo di forte intensità puntato contro la sua schiena. Poteva percepirlo, come se si fosse trattato di un tocco reale, di una mano vera. O forse di un pugnale. Per istinto si irrigidì, per poi inclinare la testa con lentezza, prima da un lato poi dall'altro, per sciogliere i muscoli del collo. Infine, si voltò con altrettanta flemma, fingendo di guardarsi intorno in modo casuale. Non gli fu difficile individuare la fonte di tanto disturbo. Un giovane elegante si stava dirigendo verso di lui, facendosi largo tra la clientela chiassosa. Alto, biondo, con un volto delicato, quasi infantile, ma risoluto, e animato da una decisione che sembrava provenire da molto in profondità dentro di lui. Tanta risolutezza poteva essere pericolosa. Anche per lui? Raistan tornò a fissare il proprio bicchiere, ma tutto il corpo era teso e pronto a un eventuale scontro. Che diavolo voleva da lui, quel damerino? Riuscì a isolare il flusso dei pensieri del giovane da quelli degli altri avventori, e dovette smorzare un sorriso. Alzò gli occhi al cielo e sbuffò, preparandosi all'incontro.

*

Un profilo perfetto. Aveva avuto solo un istante per percepirlo. Pallido. Pallidissimo. Marmo di Carrara, ma non era stata la mano di uno scultore amante del classico a scolpire quel volto. Lineamenti particolari, il naso leggermente a punta, quasi sbarazzino, elegante senza essere lezioso. Le labbra erano appena rosate, piene. Robert aveva avuto l'impressione di un sorriso, ma forse si era sbagliato. Perché adesso che era abbastanza vicino, si ritrovò costretto a rallentare. L'uomo, giovane ma di sicuro più vecchio di lui, era solo in quell'angolo del bancone e sembrava emanare un etereo ostacolo per tener lontani... gli scocciatori, forse. O quelli come lui. Nell'attimo in cui si era voltato, Robert aveva notato che indossava occhiali scuri, che rendevano impossibile scorgerne gli occhi. Aveva scacciato l'idea che potesse essere cieco. Percepiva l'intensità dello sguardo dietro quelle lenti. Si sentì avvampare. Cosa poteva pensare di lui? Che fosse un pervertito a caccia di distrazioni. Ecco cosa. Fu tentato di fare dietro front.

Pensò a Kiran. Lo amava perché era Kiran, non perché era un maschio. Da quello sconosciuto voleva solo... bellezza, distrazione, arte. Sì, arte. Nel suo cervello c'erano già gli schizzi di quel profilo, del modo in cui i capelli, stupefacenti ora che li vedeva meglio, si posavano sulla spalla e giocavano contro lo zigomo, lasciando scoperta la fronte. Pallida. Pallidissima. Un albino, forse. Ne aveva visto uno in un serraglio, una volta. Un povero infelice. Lo sconosciuto davanti a lui no, emanava forza, forse pericolo, di sicuro... freddo. Il locale affollato era piacevolmente tiepido, ma lì, quasi a ridosso del bancone, la temperatura era diversa. L'uomo era una fiamma gelida che attirava falene pronte a crollare con le ali cristallizzate dal ghiaccio. Si diede dell'imbecille per quella strana immagine. Adatta ai suoi romanzi, non alla realtà. E decise di rompere gli indugi.

"Posso disturbarvi, monsieur?", chiese nel suo francese appesantito dall'accento britannico.

Raistan rimase per un attimo col bicchiere sospeso a mezz'aria, a poca distanza dalla bocca, poi abbassò la mano con deliberata lentezza, la stessa con cui si voltò verso lo scocciatore, soppesandolo con lo sguardo. Per qualche lungo, lunghissimo istante non gli rispose, limitandosi a fissarlo e a potenziare la propria aura negativa di qualche grado. Non per fargli male, no, giusto per fargli scontare la sua impudenza e per divertirsi un po' a osservare la sua reazione. Inglese il ragazzino, niente meno. Ricco, a giudicare dall'abbigliamento, forse addirittura aristocratico. Un bel viso, ingentilito da una spruzzata di lentiggini che lo facevano apparire anche più giovane di quello che doveva essere. Lo vide

impallidire leggermente, per poi arrossire, mentre aspettava quella risposta che lui era deciso a fargli sospirare ancora un po'. Una veloce incursione nella sua mente rivelò apprensione, curiosità e un accenno di vergogna, che Raistan assaporò con piacere quasi sadico. Ridicoli umani, sempre tormentati da mille sensi di colpa...
"Perché?" chiese, poi portò il bicchiere alla bocca e si inumidì le labbra con il liquido color rubino, gli occhi sempre puntati sullo sconosciuto.

Perché? Mille risposte e nessuna. E quello sguardo invisibile a farlo sentire... inopportuno, molesto, fastidioso. Stupido. Deglutì l'imbarazzo, giocherellò con la tesa di feltro pettinato e lucente del cilindro.
"Lasciate che mi presenti, monsieur. Mi chiamo Robert Stuart Moncliff. Sono un pittore..."
Come se questo potesse significare qualcosa per quello sconosciuto. Come se lui, Robert, potesse accampare un qualche valore artistico. Moncliff non era Seurat, Monet, Van Gogh. Non era nessuno. Ancora.
"Vorrei... Sì, ecco, mi rendo conto di essere inopportuno e me ne scuso. Ma vorrei ritrarvi. Voi siete..." Cercò la parola giusta, sentendosi schiacciare dal peso di quello sguardo, di quell'immobilità assoluta, di quel silenzio. Lo sconosciuto pallido non sembrava nemmeno respirare.
"Voi siete un soggetto interessante. Molto."
Lo disse e avvampò al punto che, ne era certo, perfino le sue maledette lentiggini dovevano essere scomparse.

"Sono stato definito in molti modi, Robert Stuart Moncliff, ma *'soggetto interessante'* mai. Immagino che volesse essere un complimento" disse Raistan rivelando nella sua parlata un accento simile a quello del ragazzo, soltanto inasprito dalla R di impronta germanica, che non era mai riuscito a perdere. Ancora un po' e a quel tipo sarebbe andata a fuoco la faccia, poco ma sicuro. Non poteva negare di aver provato stupore e un pizzico di compiacimento per la sua strana richiesta. Suscitare sentimenti che non fossero odio e repulsione era una bella novità, una volta tanto. Peccato non poterlo accontentare. Le leggi della razza vampira erano molto severe, a riguardo. Non lasciare traccia di sé. Attraversare il mondo come spettri. Forse per quello la natura li aveva dotati di un simile pallore.

Non avrebbe accettato. Robert lo sentiva chiaramente. D'altronde perché avrebbe dovuto? In quel momento si rese conto, con stupore, che l'idea lo addolorava. Lo conosceva, parola quanto mai inappropriata, da pochi istanti. In molto meno sarebbe stato congedato. Un incontro come mille altri. Un volto che comunque era già ben impresso nella sua mente. Avrebbe potuto ritrarlo a occhi chiusi... a parte lo sguardo. Desiderava vederne le ciglia, il colore dell'iride, l'espressione. Ebbe l'assurdo pensiero di chiedergli di togliere gli occhiali.
"Lo era... un complimento. Nelle mille combinazioni che la natura e l'eredità familiare schierano nel comporre volti, ce ne sono alcuni che emergono dalla massa. Il concetto di bellezza è relativo. Io parlerei piuttosto di armonia delle proporzioni. E tale armonia in voi è molto marcata."

197

Aveva parlato come se le parole si affastellassero per uscirgli dalle labbra. Voleva che lo sconosciuto capisse cosa intendesse, il reale motivo del suo interesse. Si considerava un esteta, collezionava nella mente, sulla tela, nei suoi blocchi di schizzi, gli esempi di armonia sui quali posava gli occhi.
"Mi rendo conto che non sono un pittore famoso e che non avete alcun motivo per accettare. Ma vi sarei veramente grato se... ecco, se mi concedeste questo privilegio."

"Dimmi, Robert Stuart Moncliff, che ci fa un giovanotto del tuo livello in un posto come questo? Quell'anello così lucido al tuo dito dice che esiste una signora Moncliff da qualche parte, ma tu, invece di goderti la sua compagnia, sei qui a pregare un perfetto sconosciuto di concederti favori che lei sarebbe felice di accordarti. Allora?"

Valevano uno schiaffo, quelle parole. A mano aperta, come a scacciare un insetto fastidioso. Robert si sentì vacillare. Si chiese se fosse possibile svanire, a patto di desiderarlo veramente. Strinse le dita sull'impugnatura d'argento del bastone, come se temesse di cadere. Vide il volto dello sconosciuto abbassarsi a seguire quel movimento. Percepì qualcosa che non riuscì a capire. Sbatté le palpebre, consapevole di un'improvvisa ondata di gelo che gli fece pizzicare occhi e naso. Stava per starnutire. Riuscì a soffocare l'improvvisa emissione d'aria nella mano guantata.
"Scusatemi", mormorò.

E si mise a sedere sullo sgabello accanto a quello dello sconosciuto dai capelli d'alba e dagli occhi di tenebra. Non era stato invitato a farlo.

"Mia moglie è in albergo", disse. "Dorme. E non le piace posare per me. Lo ha fatto una sola volta e, chissà, forse non è stata soddisfatta del risultato, perché non ama quella tela. Eppure, sono bravo, sapete? Sono venuto qui perché due anni fa ci passavo le serate. Ero a Parigi per studiare pittura e per festeggiare il mio compleanno. Un viaggio premio, diciamo. I miei compagni di corso erano francesi e mi condussero qui. Mi piacque. Non è il posto adatto al figlio di un barone, ma se, come me, si vuole raccontare la vita che ci scorre intorno, i posti da frequentare non sono mai quelli adatti."

Immobilità. Forse non lo stava neanche ascoltando. Forse da un momento all'altro avrebbe alzato una di quelle mani guantate di nero che teneva intorno al bicchiere di vino e lo avrebbe veramente colpito. O forse no. Impassibile. Una statua viva del più puro marmo. Il candore si espandeva anche al collo e si perdeva tra i lembi della camicia nera lasciando intuire comunque un torace poderoso. Robert non aveva mai visto nessuno pallido in quel modo. Neanche l'albino nel serraglio.

"Posso mostrarvi una cosa?"

Non attese risposta. Estrasse dall'interno dell'elegante giacca di un azzurro polveroso un taccuino rilegato in pelle. Ne sfogliò qualche pagina finché individuò ciò che voleva. Lo voltò verso lo sconosciuto, verso quegli occhiali scuri che gli impedivano di completarne l'immagine.

Lasciò che a parlare fosse lo schizzo a matita. Un paio d'occhi, quelli di Kiran. Pieni d'ombra, di infelicità, d'amarezza. E d'amore. Con quello sguardo il conte di Lennox aveva lasciato i festeggiamenti per il suo matrimonio con Catherine.

"In un posto ancora meno adatto di questo ho incontrato, qualche anno fa, la persona più importante della mia vita. E se non avessi avuto il coraggio di rischiare di infilzarmi sulle lance di una cancellata troppo alta, adesso sarei un uomo incapace di cogliere il bello che mi circonda."

Lo sguardo di Raistan ristette a lungo sull'immagine che il giovane gli stava mostrando, e lesse nel disegno anche le cose che Robert non intendeva rivelargli. Non ebbe nemmeno bisogno di frugare nella sua mente per cogliere il rimpianto quasi palpabile che esprimeva. Bastava guardarlo in faccia, notare la sua postura, molto meno eretta di prima, come se il peso che si portava dietro lo stesse schiacciando. Non provò pena per lui, quello no. Raramente provava compassione per gli esseri umani, soprattutto dopo che gli avevano dimostrato in quanti e quali modi potessero essere crudeli. Sentì piuttosto una stilla di curiosità verso quello strano giovane, e gli fu segretamente grato per avergli rivelato un importante frammento della sua anima.

"Jacques, il *Barone*, qui, ha bisogno di qualcosa di forte" disse, rivolgendosi all'oste e attirando la sua attenzione con un cenno della mano. Poi successe qualcosa di strano. Ma strano davvero. Con un movimento fulmineo, il vampiro si spostò alla destra di Robert, afferrò un uomo per la collottola e gli fece sbattere con violenza la faccia sul bancone. Un attimo dopo stava tendendo all'inglese un piccolo fascio di banconote trattenute da un fermacarte d'oro, tenendolo fra due dita della mano guantata.

"Non dovreste andarvene in giro con tanto denaro, specie in un posto come questo. È pieno di malintenzionati..." disse con tono casuale, sferrando un calcio all'uomo a terra e riprendendo posto sullo sgabello al suo fianco.

"Allora? Che cosa prendete?" chiese l'oste a Robert, affatto sconvolto per quello che era appena successo. Lo stesso non si poteva dire del povero Moncliff.

Guardò l'oste, guardò lo sconosciuto.

"Assenzio", mormorò. In mano i soldi strappati al borseggiatore. "Siete... siete veloce, monsieur. Grazie..." Ripose i soldi nella tasca della giacca. L'oste gli servì il liquore verde, il cui profumo sembrò saturare l'aria, con la consueta cerimonia delle zollette di zucchero e del cucchiaino. Robert prese il bicchiere e lo alzò all'indirizzo del suo involontario ospite. Ebbe l'impressione che l'uomo si scostasse davanti a quel gesto, ma lui riusciva solo a pensare alla velocità con cui si era mosso poco prima per salvare il suo denaro.

"Alla vostra, monsieur", disse, prendendo un sorso del liquido opalescente. "Posso sapere il vostro nome?"

Non era un'impressione. Davanti all'unica sostanza tossica per i vampiri, assieme al laudano, Raistan aveva dovuto consapevolmente trattenere un moto di repulsione e aveva seguito l'ascesa del calice alla bocca di Robert con malcelato disgusto. Si costrinse a riportare l'attenzione sull'umano, la cui innocente domanda ebbe il potere di metterlo in difficoltà come mai fino a quel momento.

"Ehm… io…" borbottò, poi sembrò riacquistare la consueta sicurezza e finse di bere un altro sorso di vino. "I nomi sono molto sopravvalutati, non pensate? Potete chiamarmi… Ray, per il momento."

Ray. Robert assaporò quel nome insieme all'ebbrezza immediata dell'assenzio. Non gli si addiceva. Doveva essere di più e di meglio. Aveva una nobiltà nell'aspetto e nella postura che non poteva ridursi a tre lettere. La curiosità lo inebriò come e più del liquore.

"Io sono scozzese", disse. "E dal vostro accento direi che neanche voi siete francese… Tedesco?" azzardò.

"Olandese, ma manco dalla mia patria da moltissimo tempo. Parigi è la mia casa, adesso. Quindi lo stiamo facendo" disse, con un improvviso cambio di registro che confuse Robert. Era come se si fosse accorto della confidenza che gli stava dando e avesse deciso di fare marcia indietro.

"Facendo cosa?" Robert si sentiva costantemente sul ciglio di un burrone. O di una rivelazione. E non osava ancora chiedergli di togliere gli occhiali. Aveva la certezza che non solo non lo avrebbe fatto, ma lo avrebbe scacciato in malo modo.

"Conversazione. Non mi capitava da un po'. Non è così male, in fondo. Parliamo di questo ritratto. Non sto dicendo che vi concederò il permesso di ritrarmi, sono solo curioso. Dove pensavate di… lavorare?"

Robert si costrinse a pensare in fretta. Due anni prima, durante quei fantastici tre mesi parigini in cui tutto sembrava possibile, persino

non sentire l'assenza di Kiran, aveva lavorato in una specie di studio, proprio lì a Montmartre. Ricordava il luogo, ricordava la disponibilità del vecchio Mathiàs, a cui bastava una bottiglia di vino e la promessa di chiudere la porta quando avessero finito. Ricordava anche dov'era nascosta la chiave per accedere.
"C'è uno studio, poco oltre Place du Tertre. Uno stanzone, a dirla tutta. Ma è tranquillo. E luminoso."
Provò a immaginare una luce di taglio su quei capelli, il volto un po' di tre quarti. Certo, quegli occhiali…
"I vostri… colori sono così particolari che credo riuscirei a renderli lavorando anche solo di carboncino. Sapete, un ritratto a olio richiede tempo. Non che io non ne abbia, ma ho idea che voi siate una persona con molti impegni. E poca pazienza." Accennò un sorriso, incerto se poterselo concedere o meno.
Anche un angolo della bocca di Raistan si sollevò, ma all'ennesimo sorso di assenzio da parte dell'umano l'espressione del vampiro tornò truce. Addio spuntino, con tutta la porcheria che stava ingurgitando, accidenti a lui. E dire che non gli sarebbe dispiaciuto assaggiarlo, dopo aver soddisfatto il suo capriccio. D'altronde i vampiri non facevano niente per niente…
Si stupì di aver preso davvero in considerazione l'idea di farsi ritrarre. Non poteva negare che la tentazione fosse notevole, così come il pericolo, se il dipinto fosse finito nelle mani sbagliate. Ma qualcosa gli diceva che non sarebbe successo e che non sarebbe stato il suo rifiuto a impedire al ragazzo di realizzarlo ugualmente una volta che si fossero separati.
"Vogliamo andare?" disse, alzandosi ed ergendosi finalmente in tutta la sua statura.

Robert scattò in piedi e si sentì basso per la prima volta in vita sua. La statua vivente era un colosso, ma aveva eleganza nel portamento. E la giacca nera dalle spalline armate di punte metalliche rivelava proporzioni armoniose.
"Sì, certo, andiamo."
Lo precedette tra la folla, rendendosi conto che si fendeva davanti a loro. E non certo per far spazio a lui. Appena fuori, fu grato al fresco di quella notte che non aveva ancora del tutto detto addio all'inverno. Aveva bisogno di respirare profondamente. Si diresse allo studio sotto il lume azzurrato della luna, tra stradine fiocamente illuminate. La luce. Stava portando Ray in uno studio di pittura, per ritrarlo in piena notte. Una situazione strana, inattesa. Forse anche pericolosa. Dopo averlo visto muoversi, anzi, dopo *non* averlo visto, tanta era stata la velocità, si chiese cosa sarebbe successo se gli avesse mostrato cattive intenzioni. Si voltò a guardarlo e incontrò, più vicino di quanto si aspettasse, la maschera impenetrabile del suo viso. Doveva essere difficile distinguere gli ostacoli con quegli occhiali scuri. Anche Ray si bloccò, come aspettando una sua qualche iniziativa.
"Ci siamo quasi, è vicino", lo rassicurò Robert. Poi sorrise tra sé: lui che rassicurava quella specie di oscuro guerriero del nord. Tornò a precederlo.
"Posso chiedervi una cosa?" Non attese una risposta. "Gli occhiali… sono necessari?"
Di nuovo un angolo della bocca del bestione si sollevò in un accenno di sorriso. "Per ora lo sono. Dopo… vedremo. E così conoscete il vecchio Mathiàs. Lo vedo spesso girare da queste parti, ma non sapevo che possedesse lo studio di cui mi avete parlato.

Forse dovrei indugiare più spesso in conversazioni con gli sconosciuti…" Dalla gola gli sfuggì una risatina rapida come una folata di vento, e altrettanto gelida.

"Forse non tutti gli sconosciuti hanno la mia faccia tosta. Devo esservi sembrato piuttosto sfrontato" osservò Robert. L'assenzio gli aveva sciolto la lingua e rilassato il corpo. Si sentiva bene. Soprattutto non si sentiva più infelice e patetico. Non pensava a Catherine, in albergo. E non pensava a Kiran, solo a Londra. Quell'avventura era tutta sua: un uomo misterioso dall'aspetto fiabesco, una strana serata parigina, una luna che tingeva d'azzurro e d'argento perfino quei meravigliosi capelli dorati. C'erano tutti gli ingredienti per trarne una delle sue storie. Ma ci sarebbe stato tempo. Adesso, per una volta, voleva sentirsi lui il protagonista. "Devo confessarvi che, di solito, non mi comporto così. Se vedo un volto interessante, mi limito a carpirlo da lontano. Ma voi… in quel locale sembravate il centro di un vortice."

"Di solito si sta lontani dai vortici, se si ha a cuore la propria sicurezza. Ma forse questo non è il vostro caso, non è così, mio scalatore di cancelli? Fino a che punto siete disposto a rischiare, per ottenere quello che volete?" chiese Raistan con tono canzonatorio, bisbigliando le parole a pochissima distanza dall'orecchio di Robert, e facendolo rabbrividire.

Fu un brivido strano, sconosciuto. Lo mise a disagio. Erano arrivati davanti alla porta di legno scrostato che conduceva nello studio del vecchio Mathiàs. Robert si alzò sulle punte dei piedi e percorse con la mano l'intelaiatura piena di schegge. Se non avesse avuto i guanti si sarebbe ferito, ma trovò la chiave, e la strinse voltandosi a guardare quell'uomo imponente. *Fino a che punto*, chiedeva.

"Molto", si sentì rispondere, lo sguardo a sostenere quello degli occhi che non poteva vedere, ma che percepiva acuti. Aprì la porta e la varcò. Ray lo seguì.

"Mi fa piacere sentirlo, Robert. Posso chiamarvi Robert, vero?" chiese, per poi voltarsi e spaziare con lo sguardo nella grande stanza, della quale la luce della luna gli rendeva possibile cogliere ogni dettaglio. Annusò l'aria e apprezzò quello che percepì. Trementina, olio, tela, legno. E l'odore dell'umano, quello più segreto, che nemmeno l'aroma della colonia riusciva a celare. Gli piaceva. Anche la nota di paura e di eccitazione che conteneva. Era uno dei suoi profumi preferiti, a dire il vero. "Allora? Come pensate di procedere?"

Robert si muoveva con qualche difficoltà nella penombra. Trovò il candelabro che ricordava e gli zolfanelli. Accese, una dopo l'altra, tutte le candele che trovò. Lo stanzone divenne un luogo pieno di magia, la magia dorata di quei piccoli fuochi.

"Normalmente vi chiederei di tornare qui con la luce del sole, Ray. Ma ho l'impressione che non mi dareste una seconda occasione. Quindi…"

Tolse il cappello e si liberò della giacca. Prese da un angolo un cartoncino polveroso e ingiallito e lo fissò su uno dei cavalletti, poi aprì una scatola e rovistò tra vecchi pennelli, sanguigne, gessetti e carboncini. Posò quel che gli serviva sul bordo del cavalletto e si volse al suo imponente modello.

"Sì, potete chiamarmi Robert. E dovreste togliere gli occhiali. Vi prego. Un ritratto parte da lì, dagli occhi."

"Ne sono consapevole, mio giovane amico. Anche io, di tanto in tanto, mi diletto di pittura e disegno, anche se i miei soggetti sono per lo più paesaggi al tramonto. È solo che… non siete preparato a quello che vedrete quando me li toglierò e temo la vostra reazione. Perché, a seconda di come sarà, dovrò adeguare la mia. Desiderate lo stesso che lo faccia?"

Robert lo fissò. Si chiese se si stesse prendendo gioco di lui o se lo stesse minacciando. Non capiva. Cosa poteva esserci di così terribile dietro quegli occhiali scuri?

"Non so quale reazione dovrei avere, ma desidero che lo facciate. Sì. Credo sia la cosa che desidero di più in questo momento" rispose con franchezza.

"Evidentemente non conoscete il detto *'Attento a quello che desideri, perché potrebbe realizzarsi'*. Come volete, io vi ho avvertito. Peccato abbiate bevuto quell'orribile assenzio…" disse Raistan, come soprappensiero. Poi mise mano agli occhiali dalla sottile montatura di metallo e li sfilò con lentezza. Abbassò le palpebre e la testa per un istante, poi con altrettanta flemma le riaprì e sollevò il capo, rivelando quello che si celava sotto le lenti scure: una pupilla allungata come quella dei rettili, infissa in un'iride di ghiaccio spruzzata di rosso. Quegli occhi erano puntati su Robert, adesso, a studiarne ogni reazione, mentre il corpo del vampiro, con la mano che non teneva gli occhiali stretta a pugno, sembrava sul punto di scattare da un momento all'altro. Per fare del male, o forse per fuggire.

Confusione. Paura. Curiosità. Un'assurda curiosità. Erano gli occhi di un demone. Ma erano… bellissimi. A Robert mancò il fiato, mentre non riusciva a impedirsi un passo indietro. Una tigre dagli occhi blu. Si chiese se stesse per morire e il pensiero volò a Kiran. Uno sciocco, un incosciente. Eppure…

"Cosa… Cosa siete?"

La voce gli uscì tremula, ma non indietreggiò oltre. Era irresistibilmente attratto da quella creatura. Ne percepiva la pericolosità, forse anche la crudeltà innata. Non riusciva a formulare altro pensiero coerente se non quella domanda. Con chi, con cosa aveva parlato e bevuto al bancone di un locale? Senza lo schermo degli occhiali, la bellezza di quel viso si rivelava come lui l'aveva intuita. E per quanto terribile fosse vedere il taglio delle pupille in quell'iride simile a un cielo screziato di sangue, quegli occhi non promettevano morte. Sembravano aspettare un cenno. Così come Robert aspettava una risposta.

La postura di Raistan si fece leggermente più rilassata, anche se il suo sguardo non abbandonò il giovane nemmeno per un istante. Non un battito di ciglia interruppe la sua terribile intensità.

"Datemi retta, non volete saperlo veramente. E io non voglio dovervi uccidere per mantenere al sicuro il mio segreto. Mi siete simpatico. Prima che arrivaste mi stavo annoiando, e adesso non mi annoio più. Ve ne sono grato. In una vita lunga come la mia, le sorprese sono molto poche…" Sorrise davvero per la prima volta, anche se l'allegria non raggiunse mai gli occhi, e lo fece in modo deliberato, come se stesse cercando di mostrargli… qualcos'altro, ma indirettamente. Robert non faticò molto a individuare cosa, e lo shock fu altrettanto grande. Canini. Lunghi. Affilati. Vacillò. Aveva letto storie, si era appassionato alle leggende. E ne aveva una davanti. Pallido, veloce, imponente, con la bocca armata in quel modo.

"Voi potete non dirlo", mormorò riuscendo comunque a sostenere quegli occhi, "ma io non posso fingere di non saperlo…" Deglutì.

La cravatta di seta gli circondava la gola, ma aveva la sensazione di sentire quei denti premere contro la pelle. Chiuse gli occhi per un istante, quasi a testare la realtà di quell'incontro. Ma Ray era lì quando li riaprì. E Robert decise di sorprenderlo ancora.
"Spero con tutto il cuore che mi lasciate vivere. Ma se invece decideste di uccidermi per custodire il vostro segreto, vi chiedo comunque di lasciarvi ritrarre prima."
Raistan aggrottò le sopracciglia in un'espressione spaventosamente umana. Toccava a lui, adesso, provare un barlume di confusione e di sorpresa. Poi però fu la rabbia a prendere il sopravvento. Tutti avevano un secondo fine, anche coloro che apparivano più puri. Bisognava solo scoprire quale. Afferrò Robert per la cravatta e quasi lo sollevò da terra, sospingendolo nel contempo contro la parete alle sue spalle. Ora i loro visi erano vicinissimi, e quello dello scozzese era quasi pallido quanto il suo, ma lo sguardo non si abbassava.
"Perché? Per poterlo mostrare nei vostri salotti alla moda e vantarvi di aver ritratto un mostro sanguinario? Eh? È questo che ti interessa, *highlander*? E non mentirmi, posso leggere nel pensiero delle persone. Non c'è niente che tu mi possa celare."
Robert aveva paura, molta. Ma prevalse la rabbia.
"Se non posso nascondere nulla, allora già sai quel che c'è da sapere. Non frequento salotti alla moda. E non ritrarrei un mostro. Non ti conosco, Ray, non so niente di te. So che puoi spezzarmi in due adesso e uccidere tutti i miei sogni, le speranze, ogni futuro. Ci sono stati momenti in cui ti sarei stato grato per questo. Oggi no. Non voglio morire. E vorrei cercare di catturare ciò che sei. Per me, per come io ti vedo. Lasciamelo fare. E se ciò che vedrai su quel

foglio ti offenderà o ti deluderà, non dovrai fare altro che usare una qualsiasi delle tue armi e cancellare l'offesa. Ma se il ritratto ti renderà giustizia, allora consentimi di portarlo con me. Nessuno lo vedrà. Non è vanità la mia. Non ho secondi fini. Da quando sono nato cerco la bellezza in ciò che mi circonda. E quando la trovo le rendo omaggio. Per come so."
La presa del vampiro era salita alla gola di Robert, che per la prima volta poteva saggiarne il tocco gelido della mano, anche se ricoperta dalla pelle del guanto, ma non era particolarmente soffocante. Lo sguardo, quello no, non gli dava tregua, come se volesse succhiargli via la verità dagli occhi. Forse era proprio quello che stava cercando di fare.
"Che cosa te ne fai della bellezza di uno come me, quando hai già trovato il tuo ideale in quegli occhi d'ambra che non riesci in nessun modo a nascondere? Sei insaziabile. Peggio di un vampiro."
Robert percepì la mano di Raistan premere con più decisione ai lati della trachea, mentre l'altra saliva ad afferrarlo per i capelli. Si sentì annusare, esaminare da brevissima distanza e trattenne il fiato per tutto il tempo. Poi la bocca del vampiro si posò sulla sua, e Robert aprì gli occhi di scatto.
Le labbra erano fredde come non credeva possibile, ma morbide. Indugiavano sulle sue, tentatrici. Perché faceva così? Gli aveva detto la verità. Voleva catturare la sua essenza, i suoi occhi, anche quella bocca gelida e minacciosa che adesso sembrava dolcissima. Non poteva muoversi, non poteva sfuggire. Ma ciò che gli fece serrare gli occhi sulle lacrime che scesero tra le lentiggini fu che in realtà non voleva. La stretta sulla gola gli mozzava il respiro. Schiuse le labbra, per prendere aria. Le mani che aveva lasciato

abbandonate e inutili contro il corpo si mossero. E osò portarne una a contatto con la seta di quegli incredibili capelli. Il primo sguardo a quegli occhi e a quei canini non lo avevano spaventato quanto lo era adesso. Perché voleva quel bacio, ma era terrorizzato da tutto quello che sarebbe venuto dopo.

I canini di Raistan giocherellarono per un istante con il suo labbro inferiore, poi la sua lingua gli invase la bocca, gelida come tutto il resto. La presa sulla gola venne meno, ma tutto il corpo del vampiro premeva contro il suo, mentre le mani lo esploravano con un tocco esigente.

Perduto. Robert seppe di essere perduto. Si consegnò al vortice di quel bacio che era pura vertigine e chiese perdono. A Kiran, ai suoi cari, forse anche a se stesso. Era certo che la bocca del vampiro gli sarebbe scesa sulla gola e avrebbe preso ciò che voleva. Ma non lo odiava per questo. Non poteva. Lui che era sempre vissuto in contemplazione del sole, ora si arrendeva alla notte. E lo fece riempiendosi le mani dei suoi capelli, mentre gli scaldava la lingua e le labbra con le proprie. Poi, così come era iniziato, l'assalto terminò, lasciando Robert a fissare Raistan negli occhi da distanza ravvicinata, fronte contro fronte. Quelli del vampiro avevano perso un po' del loro gelo e lo guardavano con una sorta di divertimento misto a tenerezza.

"Esame superato a pieni voti, Robert Stuart Moncliff, complimenti. Davvero un peccato non poterti gustare sul serio… fammi un favore, però. Brucia tutte le terribili etichette che ti porti in testa. Invertito, traditore… sono solo parole che altri hanno deciso di frapporre fra te e la tua felicità. Non ascoltarli. Non vivere nel rimpianto, mai. E adesso prendi i tuoi attrezzi e mostrami di che cosa sei capace. All'alba dovrò andarmene." Gli schioccò un altro bacio sulla bocca e gli strinse la nuca in una presa affettuosa, poi lo spinse via, costringendolo a indietreggiare di alcuni passi.

Robert rischiò di inciampare nei suoi stessi piedi, ma cercò di dissimulare lo smarrimento che provava. Ad aiutarlo c'erano il cavalletto, le candele che stillavano cera dappertutto consumandosi e la notte che avanzava verso l'alba. Si guardò intorno, poi si rivolse a Ray.

"Ti dispiace se ti lascio in piedi?" Gli indicò un punto al centro di tre tavolini sui quali dispose le candele per circondarlo di luce. "Dovresti voltarti un po' sulla tua sinistra, ecco. Così. Posso?" Gli prese il bavero della giacca nera e lo sollevò come se il vampiro, che lo guardava sornione, dovesse proteggersi dal vento. "Perfetto. E adesso non devi fare altro che restare fermo. E guardarmi."

Tornò al cavalletto, prese il carboncino e alzò gli occhi. L'immagine che aveva davanti era magica. Accarezzato dalla luce oscillante delle candele Ray sembrava un'apparizione. Il colore dei capelli si scaldava nel riverbero delle fiammelle e perfino il marmo della sua pelle acquistava calore in contrasto col nero profondo degli abiti. Lo sguardo era tutto per lui. Un po' sfida, un po' irrisione, un po' desiderio. Sulla bocca aleggiava un sorriso solo intuito. Sorrise a sua volta e cominciò a far volare il carboncino sulla carta.

Ray non aveva bisogno della sua arte per essere immortale, ma riuscire a catturare parte della sua anima sconfinata gli diede un brivido. Come avesse in mano il potere di dilatare il tempo e rendere eterna quella incredibile notte. Aveva abdicato a ogni scetticismo. Era solo in quella stanza con la prova che c'era molto altro oltre il confine ottuso della realtà percepita dagli esseri umani. Ma quella creatura immobile e splendente era stata un tempo un uomo. Desiderò che disegnarlo gli rendesse possibile conoscerlo. La sua storia, la sua solitudine, la sofferenza. Perché ce n'era tanta negli occhi che gli aveva tenuto nascosti, certo che lo avrebbero terrorizzato e respinto. Così doveva essere stato ogni volta che si era rivelato. Desiderò sapere se avesse amici, compagni. Immaginò che non fosse il solo della sua stirpe e la sua visione del mondo si fece improvvisamente diversa. Se esistevano i vampiri, allora chi poteva dire cos'altro si celasse nelle ombre della notte?

Indugiò sui capelli, per renderne la finezza e l'opulenza. Una matassa di seta che gli scendeva fino alla cintura. Si concentrò sul cartoncino mentre immaginava quegli stessi capelli giocare sui muscoli di quel corpo candido e freddo. Scacciò il pensiero e rialzò gli occhi. Il sorriso di Ray adesso era più marcato e lasciava intuire i canini.

"Non mostrerò il ritratto. Ma quelli è meglio che non li disegni", disse.

"No. Credo di no. E non mentire. A qualcuno lo mostrerai."

Gli strizzò l'occhio in modo così fulmineo che Robert sospettò di esserselo immaginato. "Per rispondere alle domande che aleggiano nella tua affascinante testolina... no. Non sono il solo della mia razza. Siamo parecchi, anzi, ma siamo bravi a nasconderci, come tu stesso puoi testimoniare. Nessuno vuole avere la certezza della nostra esistenza."

Scrollò le spalle, ma lo sguardo gli si incupì. "Va bene così. Amici? Ne avevo uno, ma lui..." Robert vide la sua mascella irrigidirsi e lo sguardo farsi ancora più oscuro e tormentato. Il vampiro soffiò su una delle candele con stizza, come se non ne sopportasse la luce. "Continua il tuo lavoro."

A Robert spiacque aver spezzato l'illusione di serenità su quel viso. Non si permise di indugiare sulla sofferenza che quella candela spenta rivelava. Un immortale era condannato a lasciarsi indietro tante vite, anche quelle più care. Non voleva che Ray gli leggesse dentro pietà. Un essere come lui era troppo oltre per accettare di suscitare un simile sentimento. Ma avrebbe voluto lenirne la sofferenza. Il carboncino si fermò tra le ombre che delineavano le labbra. Non riusciva a proseguire. Alzò il viso a cercare il suo sguardo e pensò di essere impazzito, perché gli occhi gli si riempirono di lacrime. Lacrime che percepiva come un'emanazione diretta di Ray. Ebbe l'impressione di sentire i suoi pensieri, tutto il dolore di secoli, e intravide un volto, che svanì subito. Respirò con il tremito del pianto in gola. Si morse le labbra e riprese a disegnare.

"Non sono certo di poterlo mostrare a Kiran", disse. "Lui mi conosce e conosce quanto di me ci sia in ciò che disegno. Capirebbe. E ne soffrirebbe."

"Deciderai quando sarà il momento. Penso di poterlo tollerare. Ma di certo non lo mostrerai alla tua bella mogliettina, vero? Potrei liberarti di lei. Proprio stasera. Se ne andrebbe in modo dolce e tu potresti vivere la tua vita. Basta una parola, Robert Stuart Moncliff" disse Raistan, scegliendo di ignorare quelle lacrime che vedeva affacciarsi nei suoi occhi. Si passò una mano fra i capelli e lo sguardo gli si fece avido e sornione allo stesso tempo. Prese una delle candele e la usò per riaccendere quella che aveva spento, come se volesse tenere l'oscurità lontana ancora per un po'.

Non stava scherzando. Robert sbatté le palpebre.

"Non è di Catherine la colpa della mia infelicità. Le catene che mi legano sono quelle che la mia famiglia, il mio mondo e io stesso abbiamo forgiato. Tu lo sai quanto siamo bravi a crearci regole, religioni, leggi. E a rimanervi invischiati."

Posò il carboncino e uscì dal rifugio del cavalletto per avvicinarsi a lui.

"Aspetta, ti sei spostato", disse lasciandosi scivolare una ciocca dei suoi capelli fra le dita per riportarla a tagliare con una lieve ombra lo zigomo destro.

Con una mossa fulminea, Raistan gli bloccò il braccio con una mano, facendolo trasalire. Ma non c'era minaccia nei suoi occhi, solo divertimento e l'avidità di un gatto che abbia adocchiato un topolino succoso.

"Quanta intraprendenza, ragazzino. Mi piace. Stai rischiando molto, e voglio rischiare anch'io." Avvicinò il polso di Robert alle labbra, lo annusò e lo percorse con la lingua, poi vi affondò i canini con delicatezza, lo sguardo puntato sul viso del giovane, per cogliere la sua reazione. Ne trasse un piccolo sorso di sangue e lo trattenne in bocca per qualche istante, gustandolo, mentre un'espressione di estremo piacere gli si diffondeva sul volto, assieme a una traccia di colore.

"L'assenzio si è quasi dissolto, per fortuna, ma non oso prenderne di più. Peccato. Puoi continuare, adesso. E grazie" ridacchiò, godendosi lo sbalordimento sul viso di Robert e sorvolando sul fatto che niente del genere gli fosse stato offerto.

Il ragazzo si guardò il polso. I due fori erano perle di rubino contro la pelle chiara. Non gli aveva fatto male. Anzi. Un brivido di piacere lo aveva percorso.

"Che mi succede adesso?" chiese, portando istintivamente il polso ferito alle labbra. "E perché l'assenzio… L'hai detto anche prima, quando…" *sembravi deciso a uccidermi*, pensò. Ma non era vero. Ray non voleva ucciderlo. Altrimenti niente e nessuno lo avrebbe fermato. Sentì contro la lingua il sapore del proprio sangue. Dolce e salato insieme, caldo. Era di questo che viveva quella creatura.

E l'assenzio? Rivide l'istintivo ritrarsi del vampiro davanti al suo brindisi. *Non oso prenderne di più.* L'assenzio aveva fatto qualcosa al suo sangue. Forse solo per questo era ancora vivo. Fu un pensiero triste. Tornò dietro al cavalletto e riprese il suo lavoro. Perché solo a quello aveva diritto. Per Ray (*non è il tuo nome e tu, come Kiran, non vuoi rivelarti fino in fondo*) lui non era altro che un bizzarro diversivo in una notte parigina come migliaia di altre. Poche ore, poi sarebbe svanito. Ne sentì la mancanza mentre lo aveva ancora lì, angelo oscuro in un'aureola di luce. Si dedicò alle iridi giocando con le ombre per suggerire la pupilla verticale senza realmente disegnarla. Ci sarebbe stato tempo, una volta a Londra, per azzardare un ritratto a olio e mescolare sulla tavolozza blu di Prussia, bianco di zinco, un tocco di nero per rendere la sfumatura di ghiaccio e l'azzardo del carminio per quelle incredibili pagliuzze color sangue. Sarebbe stato un modo per non perderlo del tutto. Poi, assorto nei suoi pensieri, si concesse una smorfia. Si perde qualcosa che si è posseduta. E in quella stanza c'erano un predatore immortale e una porzione di cibo andata a male. Per colpa, o per merito, della *fata verde* tanto cara ai poeti maledetti.

"Che cosa ti succederà? Vuoi dire se diventerai come me? No, Robert, niente del genere. Non è così semplice, per vostra fortuna. Per quanto concerne l'assenzio, è una delle poche sostanze tossiche, per noi. In grande quantità può ucciderci. E per grande quantità, intendo il fondo di un bicchiere. Capirai che devo fare una certa attenzione..." Un attimo dopo, Robert lo vide barcollare e portare una mano alla gola, mentre strizzava gli occhi con aria sofferente. Il vampiro cercò a tentoni il tavolino davanti a sé e vi si appoggiò, la schiena curva, l'eco di un ansito che gli sfuggiva attraverso i denti serrati.

Robert lasciò il carboncino e si precipitò da lui. Tentò di sostenerlo, gli fece passare un braccio intorno alle proprie spalle e lo guidò a una sedia.

"Ray, mi dispiace, è colpa mia... Cosa posso fare?"

Incurante di qualsiasi prudenza gli prese il viso, gelido, tra le mani e osservò sconvolto un velo di sudore sanguigno formarglisi sulla fronte.

"Perché l'hai fatto? Il mio sangue è velenoso. Perché non mi hai impedito di prendere quel dannato assenzio?"

Era una domanda assurda. Lo sapeva.

Lo sguardo di Raistan diceva la stessa cosa. "Non pensavo di accettare, quando ti sei messo a berlo. E non è un problema tuo. Non puoi sentirti in colpa per qualunque cosa, scozzese. Non certo per le bizzarrie di qualcuno come me. Sto bene. Sto bene. Puoi anche smettere di accarezzarmi la faccia, adesso. E aiutarmi ad alzarmi. Voglio continuare. Il tempo è tiranno..."

Robert smise di toccarlo e tirò un sospiro di sollievo. Poi fece una cosa assurda quanto la domanda appena posta. Scoppiò a ridere.

Una risata solo vagamente isterica. Immaginò che il vampiro non avrebbe apprezzato. Ma non riuscì a fermarsi e fu costretto a piegarsi in due come aveva fatto Ray poco prima.

"Oddio, scusa! Non lo so. È che ho avuto paura e…", si impose di respirare e ritrovare la calma. "Sono contento che tu stia bene. Non avrei mai potuto perdonarmi di aver causato la morte di un immortale." Il concetto gli suonò talmente assurdo da farlo tornare a ridere. "Scusa. Devo essere impazzito."

Raistan lo stava fissando a braccia incrociate, un vago sorriso sulle labbra.

Il malessere, quel senso di torpore estremo che l'assenzio causava, unito a spasmi dei muscoli che nei casi più gravi portavano alla paralisi completa, si stava ritirando come un'onda dalla spiaggia.

"Sei molto bello quando ridi, Robert. Avrei dovuto farmi avvelenare prima, visto l'effetto piacevole che ha provocato in te. Ma tra poco sarai di nuovo triste. E insoddisfatto. E adirato con me, perché reputi la mia estrema riservatezza nei tuoi confronti un affronto. Lascia che ti mostri una cosa, allora. Forse comprenderai il perché di tanta ritrosia."

Facendo forza con le mani sul tavolino davanti a sé, Raistan si alzò, poi, senza dire una parola, prese a spogliarsi. Prima la giacca, poi il gilet, per ultima la camicia di seta nera, gli occhi fissi in quelli sgranati dell'umano. Infine, si voltò e scostò i capelli, per permettere a Robert di osservargli la schiena, il reticolo infinito di cicatrici più o meno in rilievo che gliela solcavano dalle spalle in giù, fino all'orlo dei pantaloni, le tre E incise in profondità fra le scapole. "Questo succede quando la nostra esistenza diventa palese. E fuoco, e scherno e disprezzo e morte. Dimmi, umano, tu saresti così ansioso di rivelarti al membro di una razza che ti considera un essere immondo da sterminare?”

Robert era sconvolto. Si sentì come quando gli allievi dell'ultimo anno della George Heriot's School avevano quasi linciato Kiran. L'offesa alla bellezza lo feriva in profondità. Alzò la mano, tentato di sfiorare quello scempio che, comunque, nulla toglieva all'armonia di quel corpo. Non lo fece. Lasciò che il vampiro si voltasse a guardarlo.

“Hanno paura di tutto ciò che non capiscono. Ma non siamo tutti uguali. Io… Io non ti farei mai del male.” Un'altra assurdità, ma stavolta non rise. “Di me puoi fidarti.” Lo guardava negli occhi per non perdersi nella contemplazione del torace nudo. Anche lì cicatrici, non fitte come quelle sulla schiena, ma presenti a raccontare di battaglie. Quali armi mai potevano ferirlo? Se era immortale, come poteva essere anche vulnerabile? Scosse la testa per scacciare le domande. Sapeva che lo avrebbero infastidito.

Raistan gli prese una mano e se l'appoggiò sul torace, proprio al centro, dove albergava un silenzio assordante avvolto dalla pelle gelida, poi allungò la propria e la posò sul petto di Robert, nella stessa posizione, fissandolo con uno sguardo malinconico, appena spezzato da un vago sorriso. Non sapeva nemmeno lui perché. Interruppe presto quel contatto e cominciò a rivestirsi, gli occhi bassi, nascosti dietro la cortina serica dei capelli. Quel piccolo bastardo lo faceva sentire in un modo che non gli piaceva. Quasi umano. Non andava bene.

“Gli antichi Egizi credevano che la sede dell'anima fosse il fegato”, disse Robert, senza osare il minimo gesto. “E chissà da quante altre parti l'hanno posta i popoli che si sono avvicendati su questa terra.

La tua vita è diversa dalla mia, ma tu esisti. Non conta il gelo della tua pelle o il silenzio del tuo cuore. Esisti. E io sono fortunato ad averti incontrato."

Aveva paura. Di sbagliare. Gli si fece più vicino, fermandolo mentre riprendeva la giacca dalle spalline irte di punte metalliche. A ostacolarlo c'erano tutti i suoi vent'anni di vita in un contesto che condannava chi agiva d'istinto. C'erano i sensi di colpa, tanti e giganteschi. C'era la paura, perché Ray poteva non capire. Ma alzò la mano, con lentezza, gliela passò dietro la nuca e lo convinse a chinarsi quel tanto da permettergli di arrivare alle sue labbra. Le trovò fredde ed esitanti.

Raistan non rispose al bacio. Piazzò anzi una mano sul petto di Robert, proprio come aveva fatto pochi minuti prima, e lo spinse via con rabbia.

"Non farlo. Non osare provare pietà per me. Prova paura. Sai quante persone ho ucciso? Sai a quante donne ho usato violenza? Sai quanti uomini ho straziato nella maniera più orribile, solo perché non mi era piaciuto come mi stavano guardando? Sentimi. Senti la mia vera essenza. Guarda il mio vero volto. Stai danzando con la morte, *lonely boy*." Si acquattò come se fosse sul punto di attaccarlo, le labbra stirate in una smorfia terrificante, con un ringhio animalesco che gli si arrampicava su per la gola, mentre una brezza gelida e misteriosa faceva oscillare le fiammelle delle candele.

Robert indietreggiò, inciampò, cadde. Fissò la belva che aveva davanti, incredulo.

"Non è pietà. Non potrebbe mai essere pietà", disse alzando le mani in un'inutile difesa. "Leggimi dentro, guardami. Non è pietà!"

Quel ringhio gli vibrava contro, spaventoso. Aveva danzato con la morte. E aveva perso il passo. Era alla sua mercé, totale. Ma il vero volto del vampiro non era diverso da quello che aveva tratteggiato sul cartoncino. Una tigre che ruggisce non è meno bella di quella che fissa il mondo con pupille piene di mistero. Questo pensò mentre lo vedeva scattare. Pregò solo che non decidesse di farlo soffrire, prima.

Si ritrovò sovrastato dal vampiro, le sue mani gelide a inchiodargli i polsi sul pavimento polveroso e il viso contorto nella ferocia a poche spanne dal proprio. Per la prima volta percepì anche il suo odore, uno strano aroma che lo fece pensare a boschi ombrosi e umidi. E poi quel verso spaventoso, accompagnato dal baluginare dei canini sguainati. I capelli di Raistan gli piovevano sul viso, solleticandolo, ma a malapena si accorse di quando, con uno scatto nervoso della testa, l'olandese li gettò da una parte.

"Pensi ancora di essere fortunato ad avermi incontrato, ragazzo?" gli chiese, la voce arrochita dalla rabbia. Poi, senza alcun preavviso, si abbassò sulla sua bocca e ne prese possesso con un bacio esigente, scalfendogli le labbra con le zanne affilate e leccando via le gocce scarlatte che vi si formarono. Lo sentì trasalire e gemere sotto di sé, ma non si fermò. Non voleva. Gli aprì il gilet e la camicia con un unico strappo, che fece saltare in tutte le direzioni i bottoni di madreperla, poi scese a percorrergli il collo e il torace con la lingua e con i denti, tormentandogli i capezzoli e godendo della sua reazione, del suo inarcarsi per aumentare la vicinanza, delle mani affondate nei suoi capelli. Si sollevò sulle ginocchia a cavalcioni del corpo di Robert e prese a sbottonargli con lentezza i pantaloni. Lo sentì tremare. Sorrise. Fece scivolare

una mano all'interno e il suo sorriso si fece ancora più ampio mentre si allungava al fianco dell'uomo che era stato sul punto di uccidere e che adesso voleva fare proprio. Lasciò che le mani di Robert gli accarezzassero la schiena sotto la camicia aperta e lo attirò più vicino, godendo del meraviglioso calore del suo corpo.
Tremava Robert, non riusciva a smettere. Il conflitto tra desiderio e paura, tra rimorso e rimpianto lo stava lacerando come neanche le zanne del vampiro avrebbero saputo. Alzò gli occhi in quelli di Ray e vi si perse in una muta richiesta. Era lui a cercare pietà, comprensione, perdono. Ed era certo di non trovarli. Il vampiro era all'estremo opposto di Kiran. Freddo contro caldo, pelle candida contro pelle d'ambra, ferocia e minaccia contro la dolcezza infinita che Lord Lennox aveva saputo conservare nonostante gli orrori subiti. Non aveva difesa, Robert, e non ne cercava. Se quella splendida statua che aveva accanto e che continuava a carezzare avesse deciso di prendere tutto quello che poteva offrirgli, non lo avrebbe respinto. Non voleva respingerlo. Ma all'alba avrebbe fatto i conti con la realtà. Non aveva mai mentito a Kiran. E avrebbe continuato a essere sincero. Glielo doveva. A costo di perderlo. A costo di perdersi.
Raistan si sollevò su un gomito, fissando Robert con espressione ineffabile. Aveva percepito ogni pensiero del ragazzo, trattenendo un sorriso. La furia che lo aveva portato ad atterrarlo, a dominarlo in quella maniera totalizzante, era stata sostituita dalla malinconia che raramente lo abbandonava. Eppure, c'era stato un momento, in quella folle nottata, in cui si era sentito sereno, grazie a quel coraggioso giovane, sempre così ansioso di fare la cosa giusta. Rovinare il ricordo di sé nella sua mente, o peggio, cancellarlo, non

era quello che desiderava e nemmeno quello che lui meritava. Era stato uno dei pochi a non respingerlo. Anzi, lo aveva fatto sentire speciale, anche se non credeva nella sua capacità di provare compassione per qualcuno. Non era molto distante dalla realtà, purtroppo. Gli scompigliò i capelli con la mano libera, poi si alzò da terra con mossa fulminea e prese a ricomporsi, voltandogli le spalle.

"Se non sbaglio, c'è un lavoro da finire, e mancano meno di due ore all'alba. Vogliamo continuare?"

Riprese il proprio posto all'interno del cerchio di candele, si riavviò i capelli con una mano e attese.

Robert si sollevò, incredulo. Impossibile riabbottonare camicia e gilet, ma riuscì a chiudere i pantaloni. Lo aveva graziato. Avrebbe potuto fare di lui qualsiasi cosa, e invece si limitava a pretendere che finisse il ritratto. Un sorriso gli fiorì sulle labbra ferite dai canini aguzzi. Non era sicuro che lo stesse ascoltando. Che percepisse ogni suo pensiero per come lo formava. Ma lo fece. Lo sguardo a quella figura circondata di luce, formulò senza un suono parole che venivano dalla parte più profonda del suo spirito e passarono dagli occhi. *Non importa se non saprò mai il tuo nome. E non importa se vivrò il tempo di un battito di ciglia rispetto alla tua vita immortale. Ma questa notte resterà per sempre con me, insieme alla tua immagine e alla tua grande anima.*

Poi sbatté gli occhi per ricacciare indietro le lacrime di quel tempo sospeso e si rimise a lavoro. Non mancava molto. E quella consapevolezza rallentò il cammino del gessetto avorio per esaltare i punti di luce del ritratto. Non voleva finisse. Fosse dipeso da lui, l'alba sarebbe rimasta una promessa mai mantenuta.

Il silenzio nella grande stanza era rotto soltanto da uno sgocciolio, forse di una grondaia difettosa, e dallo sfregare delicato del carboncino sul foglio. Raistan pareva sprofondato in uno stato ipnotico e non muoveva un solo muscolo da quasi un'ora, né batteva le palpebre. Adesso sì che sembrava una statua, pensò Robert. A un tratto però lo vide voltarsi lentamente verso la grande vetrata che si affacciava sulla piazza, e solo in quel momento si accorse che la qualità della luce esterna era cambiata, facendosi più lattiginosa e livida.

"Come sta andando, *lonely boy*? Tra poco dovremo separarci… non posso permettermi di farmi sorprendere dalla luce all'aperto."

Quella notizia, che sapeva sarebbe arrivata, prostrò Robert.

Si sforzò di non mostrarlo.

"Sta andando bene, gli ultimi ritocchi."

Lavorò ancora qualche minuto.

"Che succede se non ti piace?", chiese continuando a muovere le dita sul cartoncino, gli occhi intenti resi arrossati dalla nottata in bianco.

"Ti ucciderò, naturalmente" rispose il vampiro con la massima naturalezza, fissandolo con sguardo neutro. Nel vedere i suoi occhi sgranarsi e nel notare il suo trasalimento, però, non resistette e scoppiò a ridere, la prima vera risata che si fosse concesso in quella strana notte. Era un suono pieno e un po' cavernoso, ma nel farlo lo sguardo gli si illuminò e Robert poté intravedere l'uomo che doveva essere stato prima di diventare quello che era. Bellissimo, anche allora. E di sicuro meno solo.

Si unì alla risata.

"Se avessi avuto problemi di cuore, questa notte mi avresti ucciso una decina di volte", commentò mentre si allontanava di un passo dal cartoncino. E smise di ridere. Rimase a guardare quanto aveva fatto in quelle ore volate troppo in fretta e Raistan vide i suoi occhi acquistare la luce di due laghi alle prime luci di un'alba lontana. Un'alba liquida di nebbie. Un'alba olandese di acque limpide come quelle iridi all'improvviso tanto grandi da poterlo contenere, accogliere. E annegare. Robert non si accorse di quello sguardo. Tornò vicino al cavalletto e con un movimento un po' teatrale, quasi da illusionista, lo voltò nella sua direzione. La luce delle candele rese d'oro la vecchia carta sulla quale l'arte di un giovane scozzese dalle mille lentiggini aveva saputo aprire una porta. E vederlo come nessuno mai prima.

Raistan rimase immobile, in un primo tempo, lo sguardo fisso sul foglio, poi si avvicinò lentamente, con espressione indecifrabile. Se non avesse saputo chi e cos'era, Robert lo avrebbe definito intimidito.

"È l'unica immagine esistente di me, lo sai? Noi vampiri non ci facciamo mai ritrarre. Troppo compromettente. I dipinti sono la testimonianza materiale che il nostro aspetto non cambia, di anno in anno, di secolo in secolo. Se il capo del mio Clan lo sapesse, mi farebbe uccidere all'istante. Lo conserverai, vero? A casa tua. Almeno qualcuno saprà..." abbassò lo sguardo e la voce, nel terminare la frase, "...che ci sono stato. Grazie, Robert Stuart Moncliff. A proposito, il mio nome è Raistan. Raistan Van Hoeck." Gli rivolse un inchino compito, poi gli strizzò un occhio.

Stava per andare via. Oltre i vetri il cielo aveva una venatura di perla lungo l'orizzonte. Robert rispose all'inchino.

"Raistan Van Hoeck", mormorò, come assaporando quel nome. "Raistan. È bello. Ti si addice." Si schiarì la voce per trovare la forza di continuare. "Hai la mia parola, Raistan. Custodirò questo ritratto tra le mie cose più care, quelle cui non rinuncerei per niente al mondo. E custodirò te. Sono io che ti ringrazio. I nostri mondi sono distanti, ma non sono inconciliabili e io, a costo di farti arrabbiare ancora una volta, mi permetto di sperare di vederti ancora. Non so quando, non so come. Tu sarai ancora così, giovane e diffidente. Ma per quanto gli anni potranno aver infierito su di me, so che mi riconoscerai. E mi consentirai di rivedermi attraverso i tuoi occhi. Perché, sai, nessuno ritrae mai un pittore. Ma se quel pittore è bravo, riesce a scorgersi nell'emozione di chi osserva il suo lavoro."

Guardò ancora la vetrata. Il bordo di madreperla cresceva a oriente. "Devi andare."

"Anche tu. E stai pur certo che non ti dimenticherò. Non lo faccio mai, ma se ne vanno sempre tutti. Stammi bene, biondino, e prenditi quello che ti spetta."

Un altro inchino, poi il vampiro sfrecciò via come un'ombra, lasciando la porta aperta dietro di sé, e Robert da solo alla luce fioca delle candele.

Sono un idiota. Sono passati tre giorni da quella notte e ci sto ancora pensando. Non ho voglia di fare niente, nemmeno di uscire di casa per procurarmi il cibo. Me ne sto qui, alla finestra, a osservare il mondo che mi sfila davanti, quel mondo di cui non faccio più parte - di cui forse non ho mai fatto parte - e nego anche a me stesso che sto sperando di veder passare lo scozzese. Avrei dovuto ucciderlo e prendergli il disegno, per poi bruciarlo. Ma prima lo avrei guardato ancora una volta. Non è così che mi vedo allo specchio, le rare volte in cui mi ci rifletto. Lui mi ha donato qualcosa che non ho. O forse è solo invisibile ai miei occhi, non lo so. Forse ho visto talmente tante brutture e violenza, che non sono più in grado di riconoscere la bellezza quando me la trovo davanti. Ma in lui l'ho vista, per quello non ho potuto fare le cose che ho detto. Ieri sera mi sono appostato davanti al suo albergo, nascondendomi in un vicolo e celando i capelli sotto il cappuccio del mantello. Ho atteso che uscisse e quando è accaduto... non ho fatto niente. Sono restato a guardare mentre si allontanava, poi me ne sono tornato a casa senza neanche seguirlo. Avevo paura. Paura di spezzare l'incantesimo di quella notte e di vedere uno sguardo diverso nei suoi occhi, quando mi avesse visto. Mi piaceva come mi guardava.

Basta pensarci. Se n'è andato. Se ne vanno sempre tutti, alla fine. Solo io resto qua, a contemplare le rovine del mio mondo.

*

Io non volevo andarmene, RVH. Lo scrivo qui, sul mio diario, perché non posso dirtelo. Non ti ho più visto. Nei giorni che si avvicendarono dopo quella magica notte, ti ho cercato. Ma niente di te sembrava reale. Se non ci fosse stato il ritratto, mi sarei convinto di aver sognato in preda alle nebbie malevole dell'assenzio. Malevole, sì. Perché non avrei mai voluto perderti. Sperai che il segno del tuo morso sul mio polso restasse. Ma sei stato delicato, nessuna cicatrice.

Non volevo essere come tutti gli altri. Non volevo lasciarti solo. Adesso sono a Londra. Sposato con una donna e amante dell'uomo più bello e chiacchierato dell'intero Regno Unito. Indosso una maschera, almeno finché non riesco a ritagliarmi del tempo con Kiran. Lui ha capito, sai? Ha capito che è successo qualcosa a Parigi. Qualcosa che non ha nulla a che vedere con Catherine e la nostra luna di miele. Ci ho pensato a lungo, se mostrargli o no il tuo ritratto. Io non gli ho mai nascosto niente. Kiran è la persona più importante della mia vita. Tu quella notte dicesti che non riuscivo a nasconderti quegli occhi d'ambra. Per un attimo sei sembrato geloso di quella bellezza che gareggiava, nella mia mente, con la tua.

È vero. È sempre stato con me e sempre lo sarà. Ma non quella notte. Quella notte eravamo io e te. Per questo non gliel'ho fatto vedere. Avrebbe compreso, Ray. E avrebbe sofferto. Perché, vedi, creatura della notte dai capelli d'alba, io ti amo. E ogni giorno rivolgo un pensiero alla tua vita senza fine e mi permetto di sperare. Che guardando quel ritratto che adesso è custodito insieme alle mie cose più preziose, tu l'abbia capito.

E creduto.

IL CONTAGIO DELL'IMMORTALITÀ
Di Laura Costantini

Ed ecco un affascinante omaggio con cui la nostra amica Laura ci ha reso molto felici. Anche questo mi ha portato a ripensare a quel periodo lontano e speciale della mia vita, e a quel bizzarro dottore che mi guardava in un modo che raramente ho sperimentato – tranne quando lo facevo arrabbiare, cosa che succedeva spesso. Gli ho concesso di togliersi qualche curiosità su quelli come me e lui ha tratto conclusioni interessanti. Se siano giuste o sbagliate me lo chiedo ancora adesso; è difficile convincersi di non essere morti che camminano. Può avere risvolti piacevoli, ma l'aura di magia che ci circonda si attenua parecchio. Voi pensate ciò che volete, cari lettori. Io sono e resterò sempre il vostro fedele vampiro.

da PureVampyre a FuckYouCullen:

Non puoi capire cosa ho trovato a Londra. Non hai idea. Non riesco a crederci neanch'io.

da FuckYouCullen a PureVampyre:

Dipende da quanta roba ti sei fumato, magari?

da PureVampyre a FuckYouCullen:

Ti mando un paio di foto, così vedi.

da FuckyouCullen a PureVampyre:

Ma che roba è? Un vecchio libro?

da PureVampyre a FuckYouCullen:

Lustrati gli occhi. È un trattato di fisiologia vampira scritto da un medico inglese nel 1910.

da FuckYouCullen a PureVampyre:

E a quanto te l'hanno venduta 'sta bufala galattica?

da PureVampyre a FuckYouCullen:

Dieci sterline in una bancarella di libri usati. Ho svoltato, Fuck. Hai una vaga idea di come decollerà il blog quando comincerò a pubblicarne estratti? Diventerò la star di Instagram

da FuckYouCullen a PureVampyre:

Oh, PV, quel tipo si sarà inventato tutto per seguire la moda dell'epoca.

<u>da PureVampyre a FuckYouCullen:</u>

Sì, ma se l'è inventato alla grande. Vedrai.

§§§

<u>Dal blog di PureVampyre100%</u>

Ehi, come state zannuti assetati di sangue? Sono tornato dalla trasferta londinese e ho una chicca per tutti voi, qualcosa che non potreste neanche immaginare e che solo un PV poteva scovare tra le scartoffie di una bancarella di Portobello Road.
Ebbene sì, creature della notte, poteva sfuggirmi uno "Studio sul contagio dell'immortalità" firmato da un medico e redatto nel 1910 sulla quella che appare un'osservazione diretta di un vero esemplare? Sì, avete capito bene, un PV si sarebbe lasciato esaminare da un medico umano. Continuate a seguirmi, qui e su Instagram e leggerete qualcosa di assolutamente inedito!

#ivampiriesistono
#sonotranoi
#studiosulcontagiodellimmortalità
#jmdoctorindisguise

Ero a Parigi quando l'ho incontrato. Non avevo mai visto nessuno come lui. Il pallore. Neanche un albino poteva apparire così marmoreo. Candida la pelle, quasi bianchi i capelli, eppure c'era una forza che impediva a quella quasi totale assenza di colore di rendere scialbo l'insieme. Attraente. Fu questo il giudizio che mi fiorì nella mente. Magnetico.

Era ospite in casa di amici. Ed era diffidente. Si passava la mano avanti e indietro sulle sopracciglia come se avesse un'emicrania o fosse stanco, nascondendo in quel modo gli occhi alla mia vista. Si parlava di argomenti comuni, si accennò alle pietanze che erano state servite per cena, ma lui, mi dissero, seguiva una dieta particolare. Chiesi in cosa consistesse. Sono un medico e avevo la sensazione di avere davanti una persona molto singolare, sotto tutti i punti di vista. Il pallore estremo poteva suggerire una carenza di pigmentazione che non mi risultava potesse essere curata con l'alimentazione. Inoltre, quella mano sempre davanti agli occhi lasciava pensare a una sorta di fotofobia.

Sia lui che i miei amici sorridevano della mia curiosità, quasi schernissero la mia dabbenaggine. Poi egli si decise a guardarmi in faccia, regalandomi una panoramica completa delle sue caratteristiche, occhi in primis. Fui costretto a inforcare gli occhiali e ad avvicinarmi a quel volto dai lineamenti tanto sopraffini da costringere perfino un uomo ruvido come me a riconoscerne l'avvenenza. Ma gli occhi. Mio Dio, gli occhi. Mai viste pupille di quel tipo in un essere umano. Verticali, inquietanti eppure perfette in quelle iridi dalle profondità azzurre contaminate di cremisi.

Ero vicinissimo a quel ragazzo, appariva meno che trentenne, ed ebbi la netta sensazione che non respirasse. La grana della pelle era perfetta, priva di qualsiasi imperfezione. Compatta. Come scolpito nel marmo. Freddo.
Non riuscii a trattenermi. Gli posai le dita sulla parte interna del polso. Il gelo impossibile della pelle non mi colpì quanto l'assenza di qualsiasi battito. Alzai gli occhi nei suoi. Aveva un nome, ma non lo rivelerò. Lo chiamerò RVH.
Da un punto di vista medico, dovreste essere morto - dissi - ma, poiché è evidente che non lo siete affatto, credo che dovrò dichiararmi sconfitto dall'enigma che rappresentate.
Mentivo. Non mi sarei mai arreso. Era troppa la sete di conoscenza.

§§§

E-mail da <u>fullmoon@me.com</u> a RVH1705@hotmail.eng

Ehi, Atropo, dà un po' un'occhiata qui:
<u>http://purevampyre100percent.wordpress.com</u>
Ne sai niente di questo dottore? Ha totalizzato diecimila like su Instagram nel giro di neanche un'ora e il contatore del blog sta per andare in tilt.

E-mail da RVH1705@hotmail.eng a <u>fullmoon@me.com</u>

Che vuoi che mi importi di un blog di deficienti innamorati dei vampiri di carta? Non perdere tempo con questi idioti.

§§§

Nathaniel prendeva dannatamente sul serio il compito di pattugliare il web per controllare che l'esistenza degli immortali continuasse ad apparire agli umani solo frutto di leggende e fantasie sfrenate. Raistan sorrise di tanto zelo, diede l'invio per spedire l'e-mail al lycan, poi tornò a cliccare sul link del blog.

Perché lui sapeva perfettamente chi fosse quel dottore. Anzi, chi era stato. Ma non avrebbe mai creduto di tornare a sentir parlare di quei giorni e della curiosità entusiastica con cui l'uomo lo aveva guardato, interrogato, studiato. Sapeva, all'epoca, che aveva preso appunti e che aveva intenzione di riordinarli. Ma il tacito accordo era che nessuno ne avrebbe mai saputo nulla. E dopo ben 116 anni, trovava quelle parole su un blog dedicato ai *vampiri di carta*, come li chiamava lui. Immortali da operetta che facevano sdilinquire fanciulle e ragazzini, brillavano al sole, sacrificavano i propri istinti per amore.

Non avrebbe saputo dire perché cliccasse su *commenta* per lasciare traccia del proprio passaggio. Se solo avessero saputo chi era…

Provate a ragionare. Ammettiamo che questo non sia solo un esercizio di fantasia di un aspirante scrittore di best seller, davvero un vampiro "ospite di amici"? E che consente a un umano di esaminarlo invece di farne la propria cena?

Scelse l'opzione - *commento anonimo* - e rimase in attesa qualche istante, pronto a dimenticare tutta la faccenda. Non aveva voglia di rievocare quei giorni e la felicità che avevano significato. Perché erano ben più che amici coloro dei quali era stato ospite. Ma il titolare del blog, *PureVampyre*, fu lesto a rispondere.

Ciao anonimo, sei nuovo qui, vero? Non amo chi non firma i commenti, ma magari sei timido. Riguardo il documento che ho avuto la fortuna di trovare su una bancarella londinese... Se continuerai a seguirne la pubblicazione potremo parlarne. Ti va? La sola cosa che ti chiedo è di firmarti. Se hai letto sull'intestazione del blog, i commenti anonimi di solito li cestino.

E perché stavolta non l'avresti fatto?

Istinto. Come ti chiami?

La luminosità dello schermo del laptop rendeva ancora più alieno l'incarnato candido di Raistan mentre ghignava scoprendo i canini. Istinto, aveva scritto l'idiota. Un istinto clamorosamente sbagliato.

Puoi chiamarmi Zwart e sì,
credo che continuerò a leggere questo tuo... documento.

Perfetto Zwart. Sei un uomo o una donna?

Stai cercando guai, pensò Raistan. E stai per trovarli.

E tu?

PureVampyre fu rapido a digitare.

Ehi, ho messo la mia bio qui accanto. Non ti dai neanche la pena di controllare in casa di chi stai entrando? Non ti hanno insegnato che potrebbe essere pericoloso con i vampiri? ;)

Faccina con occhiolino. Faceva lo spiritoso.
Adesso Raistan rideva apertamente nella solitudine della stanza. Cercò il link della biografia. *PureVampyre* era un ragazzo, dichiarava ventitré anni, studente universitario, italiano anche se scriveva in un buon inglese, viveva a Roma. Non rispose alle sue domande, né si fermò a leggere le centinaia di commenti prima e dopo i suoi, ma inserì il link del blog tra i preferiti. Non aveva idea di quanto il dottore avesse scritto - e fatto stampare, accidenti a lui - riguardo le conclusioni cui era giunto dopo aver avuto accesso al suo sangue. Ma ricordava bene che erano conclusioni pericolose per la sua razza, sotto molti punti di vista.
Forse Nathaniel non aveva sbagliato a segnalargli quel moccioso che sguazzava da piccola star nel mare magno dei ragazzini con velleità oscure.

§§§

<u>Dal blog di PureVampyre100%</u>

Mamma mia, zannuti, in quanti avete letto e apprezzato il primo capitolo dello **#studiosulcontagiodellimmortalità** del nostro adorato **#jmdoctorindisguise** !

Vi amo tutti! Siete pronti al secondo capitolo?
Eccovelo, al grido di **#sonotranoi #ivampiriesistono**

Non aveva bisogno di respirare, ma mi annusava. Lo faceva con discrezione, ma scorgevo il movimento lieve delle narici. E potevo immaginare che riuscisse a percepire il solo aroma che gli interessasse: quello del sangue. Avrei dovuto essere terrorizzato e lo sarei stato se nella stanza con noi non ci fossero state due persone a lui molto care. Erano loro la mia garanzia. Lo sapevamo entrambi, per questo RVH distese le labbra in un sorriso che mi permise di vederli. I canini. Perfetti, integrati in una dentatura senza alcuna pecca. Non retrattili, giudicai mentre mi focalizzavo sull'aspetto propriamente scientifico di quella che era una sconvolgente scoperta. Eppure, restavano invisibili quando la creatura parlava. Lui spiegò che era stato fortunato. Che c'erano altri come lui che invece quasi non riuscivano ad aprire bocca senza rivelare le zanne.

Si nutriva di sangue, proprio come volevano le leggende. Ma il suo morso non era sempre letale. E non significava, ipso facto, la trasformazione in vampiro.

Rispondeva alle mie domande e sembrava divertito dall'attenzione che gli stavo tributando. Non era abituato alla curiosità, all'interesse. Piuttosto alla paura, alla ripulsa, all'odio.

Mi disse che aveva 197 anni e, per quanto mi apparisse impossibile, ci ritrovammo a conversare come fossimo persone normali in una qualsiasi serata conviviale.

Il mio entusiasmo era alle stelle. Una creatura viva da quasi due secoli. La dimostrazione di ciò che avevo sempre pensato: alla base dei miti del genere umano c'è sempre un seme di verità. E cominciai l'interrogatorio.

Temeva il simbolo della croce e l'acqua benedetta? Mi rise in faccia e rilanciò aggiungendo all'elenco delle false credenze l'aglio.

Personalmente non ne amo l'odore - disse - ma appenderne collane sulla porta non mi terrebbe lontano dalla vostra casa.

Aveva una voce dai toni profondi e dalle sonorità aspre, teutoniche. L'inglese non era la sua lingua, ma la padroneggiava con disinvoltura. Tornai a fare domande.

Davvero la luce del sole gli era nociva? Stavolta non sorrise, anzi. Un'ombra gli calò sugli occhi mentre ammetteva che sì, la luce del sole era più che nociva, letale. Condannati alle tenebre. E all'immortalità. Ma quando gli chiesi se questo significasse anche una completa invulnerabilità, non volle rispondere.

Mi rendevo conto di essere molesto con tutte quelle domande, ma nessuno poteva immaginare quanto fosse elettrizzante per me quell'incontro. Sono sempre stato piuttosto scettico nei confronti del soprannaturale, ma non ho mai posto limiti a tutto ciò che la realtà può comprendere. Ed ero convinto che lui e tutti i suoi simili non fossero parte di una realtà diversa dalla nostra. Il mito che li riguarda è presente nelle cronache umane fin dall'origine dei tempi. Ci sono sempre stati. Allora perché non ipotizzare un'evoluzione imprevista e parallela della razza umana, con caratteristiche diverse e, per molti versi, superiori?

§§§

Lo squillo del telefono costrinse Raistan a uscire da sotto la doccia e sgocciolare sul pavimento della stanza da bagno.

"Spero tu abbia dei motivi validi per chiamarmi!", ringhiò dopo aver letto sul display che si trattava del suo lycan informatico.

"Ben svegliato", ironizzò Nathaniel. "Quel ragazzo innamorato di voi succhiasangue ha aperto una pagina Facebook, due giorni fa. In quarantotto ore ha ricevuto trentaduemila like. E su Instagram gli hashtag **#sonotranoi** e **#ivampiriesistono** vanno per la maggiore. D'accordo che adesso sei un pezzo da novanta, tra i tuoi, però non credo che questa cosa piaccia al vostro Kilarmeth."

Cazzo! Il tempo di asciugarsi e infilare un paio di pantaloni, poi Raistan si mise al computer, non senza borbottare improperi in olandese all'indirizzo del misterioso medico di inizi Novecento e del suo *Studio sul contagio dell'immortalità*. Di tutto aveva voglia, meno che di essere costretto ad affrontare il kilar Rafael.

Su quel fottuto blog ormai erano erano già al terzo capitolo del saggio.

Dal blog di PureVampyre100%

Zannuti carissimi, se me lo avessero raccontato, non ci avrei creduto: indovinate? Una grossa casa editrice mi ha contattato. Vogliono pubblicare lo studio del nostro amatissimo **#jmdoctorindisguise** convinti che sia un mio personaggio e che il tutto sia una mia invenzione. Non vogliono rassegnarsi all'idea che **#ivampiriesistono** e che **#sonotranoi**

Io, intanto, continuo a farvi leggere l'eccezionale studio condotto da quest'uomo coraggioso e dalla mente eccezionalmente aperta per la sua epoca. Dovremmo imparare da lui, siete d'accordo?

È alto sei piedi e cinque pollici, pesa poco più di duecento libbre. Lo sviluppo muscolare è possente, ma agile. Le proporzioni nel suo corpo sono strettamente legate al concetto di armonia e quindi di bellezza. Ma questo non dipende dalla sua natura. Mi ha raccontato che la trasformazione cristallizza il momento in cui avviene e poi nulla può più cambiare il loro aspetto. Aveva capelli lunghissimi, quando lo hanno portato nelle tenebre suo malgrado. E tali sono rimasti.
Nato in una famiglia benestante, olandese, ha una buona cultura e, di sicuro, non ha sprecato duecento anni di vita. Ha letto, ha osservato. Ama l'arte, la musica sinfonica e la conversazione colta e di impronta filosofica. Di fronte a quello che dovrebbe essere un dilemma etico, cibarsi di esseri senzienti, lui parla di una questione di vertice nella gerarchia alimentare. Considera gli umani esseri abituati a guardare tutti dall'alto, almeno fino a quando non incrociano un vero predatore. E il vero predatore è lui.
Bellezza, forza sovrumana, velocità, capacità di percepire i pensieri e di orientarli a proprio piacimento. Nessuno ha la possibilità reale di sfuggirgli, se non è lui a volerlo. E, di solito, non lo vuole. I concetti di pietà e compassione gli sono estranei. Questo vuole che si pensi. Ho imparato, in quei giorni di frequentazione, che il predatore immortale ha mantenuto molte delle qualità del ragazzo olandese fuggito a Londra quando aveva solo sedici anni, insieme a un grosso cane nero...

"Cazzo, Jack! Ma ci hai messo proprio tutto!"
Raistan fu tentato di disintegrare il mouse serrando le dita.
Poi riprese a leggere.

Incontrarlo, parlargli fu come scoprire che esistono i seleniti sulla Luna. O i discendenti di Atlantide da qualche parte in fondo all'oceano. Mi disse che il destino delle creature come lui è attraversare il mondo come spettri, eppure hanno sempre lasciato tracce evidenti nella fantasia degli esseri umani.
Mi chiese più volte perché fossi tanto interessato a lui. Non si capacitava del mio considerarlo un arricchimento dello spirito, il solo che abbia mai contato per me.
Non ho mai creduto nell'aldilà, in paradisi, inferni e vecchi dei pronti a giudicare. Ma sono sempre stato convinto che ci fosse al mondo molto più di quello che i nostri occhi riuscissero a cogliere. Una sorta di fede laica, la mia, che in lui trovò una conferma.
E il mio più grande rammarico in quei giorni parigini fu che RVH aveva intenzione di sparire dalla mia memoria non appena avessi lasciato la Francia per tornare a Londra. Lo chiamava glamour o incanto ed era il potere di cancellarsi dalla mente di chiunque sopravvivesse all'incontro con un vampiro. Alla fine, però, non lo fece. Si fidò di me.

Commento di Zwart:
Ehi, PV, ormai siamo oltre la fantasia sfrenata.
Hanno ragione quelli della casa editrice.
Ti sei inventato tutto e, fossi in te, accetterei la loro proposta,

anche se io un libro così poco verosimile non lo leggerei.

Ciao Zwart, bentornato.
Ho cercato su Google e ho scoperto che
il tuo nickname è una parola in... olandese.
Significa - nero.

Lo so.

E magari lo hai scelto apposta perché il vampiro
studiato dal medico misterioso è olandese.
Solo che nel primo capitolo non c'era scritto che RVH è olandese.

Raistan ebbe l'impulso di ritrarsi, come se quel maledetto ragazzino potesse vederlo. Imprecò tra i denti, quindi si alzò dalla scrivania e percorse la stanza. L'impulso fu irrefrenabile. Raggiunse la cassaforte, digitò la combinazione, la aprì. Andò a colpo sicuro a un piccolo scrigno e si perse nella contemplazione di quanto conteneva. Un anello da uomo con un topazio istoriato circondato da una ghiera di diamanti e un medaglione con due ciocche di capelli all'interno, biondi e corvini. Quella era una pagina della sua vita, una pagina importante, che aveva custodito nel luogo dei ricordi preziosi e irrinunciabili. Non ne parlava mai perché la felicità che aveva vissuto era venata di sofferenza e rimpianto. Li chiamava *highlander* e *nanetto* e con loro aveva ritrovato una gioia di vivere che aveva creduto finita insieme alla natura umana. Ma li aveva persi. Alla fine, il tempo aveva reclamato i diritti sul loro essere mortali.

Prese l'anello dallo scrigno e lo infilò all'anulare, poi chiuse la cassaforte e andò a prendere lo smartphone.

"Nath, sono io. Trovami l'indirizzo di quel cazzo di blogger. Dice di vivere a Roma. E bloccagli quel fottuto blog. Non deve più pubblicare una parola. Hai capito?"

"Forte e chiaro. Ci lavoro subito. Vuoi che ti prenoti il volo per Roma?"

"Ci pensa Richard."

Riattaccò senza salutarlo. Doveva uscire. Erano almeno un paio di settimane che non andava a caccia e, poco ma sicuro, quella notte qualcuno sarebbe morto male. Molto male.

§§§

<u>Dalla pagina Facebook de "Il contagio dell'immortalità"</u>

Zannuti, da non crederci! Vi scrivo qui perché, come avete visto, il mio blog è offline da un paio di giorni. È stato hackerato e sappiamo tutti perché, no? Il nostro adorato **#jmdoctorindisguise** ci sta fornendo le prove che **#ivampiriesistono** e che **#sonotranoi**. E ai vampiri questo non piace. In questo momento vi scrivo da un internet point perché anche la mia connessione adsl è stata bloccata. Molti di voi mi hanno scritto per chiedermi se non ho paura. Ce l'ho. Ma è troppo importante quello che ho scoperto e quello che tutti devono sapere. Quindi eccovelo, il capitolo più importante del saggio. Per potenti che siano, non possono bloccare Facebook. Condividetelo, commentatelo, statemi vicini.

Trasformai la mia stanza in un laboratorio. Lo scrittoio diventò la postazione per il microscopio e per la preparazione dei vetrini che contavo di mostrare a RVH, non prima di avergli rivelato che il padre del moderno strumento era, come lui, olandese: Anton van Leeuwenhoek. Avevo a disposizione frammenti di pelle e campioni di sangue anche dei nostri ospiti per metterli a confronto. Ed era stato il sangue a riservare notevoli sorprese: i globuli rossi erano pochi nel campione di sangue del vampiro. Molto più numerosi erano dei corpuscoli di un colore scuro, forse violaceo.

Li mostrai a lui.

Quello che state guardando è il vostro vero e unico creatore - dissi - Sono pronto a scommettere che tutto ciò che siete, i poteri che avete, a partire dall'immortalità, siano opera di quel minuscolo parassita. Non è un batterio, assomiglia più ai plasmodi della malaria. E, se ci pensate, la malaria viene trasmessa succhiando sangue.

Mi chiese se avessi provato a ucciderli.

La luce del sole li dissolve all'istante - risposi - ma questo era facile prevederlo.

Poi gli spiegai la mia teoria: il plasmodium vampyri m. (così lo chiamai in mio onore) non poteva riprodursi. Se trovava un corpo in punto di morte, privo di difese, lo colonizzava e lo trasformava, rendendolo immortale esattamente come lo era il plasmodio.

Il potere rigenerante del parassita sfiorava il soprannaturale. Ma - e qui stava e sta l'importanza di quanto ho scoperto - non c'era nulla di soprannaturale. I vampiri non sono demoni, non sono mostri e, soprattutto, non sono morti. Loro sono una branca modificata del genere umano.

Sono certo che non riusciremo mai a capire come sia accaduto, da dove sia arrivato il parassita e da quanti millenni operi nell'ombra passando di vampiro in vampiro ogni volta che decidono di creare un loro simile. Ma fanno parte delle forme di vita di questo mondo... Dio, che avrei dato per gridarlo al mondo intero. Ma avevo promesso di non farlo, soprattutto perché sarebbe stata la fine della loro razza.

§§§

Il volo per Roma durava solo tre ore e Raistan, ben camuffato con lenti a contatto, capelli legati e incarnato umano, aveva un comodo posto in prima classe e il tablet dal quale controllare la situazione. Che era del tutto fuori controllo. Mille e duecentoquindici condivisioni della nota pubblicata nella pagina "Il contagio dell'immortalità". Decine di migliaia di like e una diffusione a dir poco virale. Raistan aveva minacciato di staccare la testa di Nathaniel dal collo per non aver bloccato quel fottuto imbecille. Che, in effetti, il lycan era riuscito a bloccare estromettondolo dal suo stesso account. Ma ormai il danno era fatto.

Richard, l'umano che si occupava dell'organizzazione dei suoi viaggi, gli aveva fatto trovare un'auto sportiva all'aeroporto con il navigatore già programmato per l'indirizzo di *PureVampyre*, al secolo Gianluca Russo.

"Preparati a morire, stronzetto!", sibilò, facendo rombare il motore.

Gianluca viveva in una camera in subaffitto in un quartiere giovanilistico, pieno di locali e di internet point. Il fatto che gli avessero hackerato perfino l'account di Facebook e quello di Instagram lo aveva spaventato molto più di quanto sarebbe stato disposto ad ammettere. Ma, al tempo stesso, avere tra le mani quel vecchio libro che aveva certosinamente copiato per preparare i post gli dava una sensazione di potenza. E non intendeva fermarsi adesso che era una vera celebrità in Rete. Il suo pubblico stava aspettando l'ultimo capitolo sulle scoperte di JM, il misterioso medico inglese cui andava tutta la sua incondizionata ammirazione. Per questo, chiavetta Usb in tasca, uscì di casa e raggiunse il locale di fronte dove si facevano apericene, c'era il wi-fi gratuito e un bel po' di laptop a disposizione.

Un cenno alla cameriera tatuata e fu alla postazione.

"Adesso ti fotto io, vampiro hacker", disse accedendo a un vecchio account Facebook che non usava da tempo: Red blood Gianlu.

Dal profilo di Red blood Gianlu

Zannuti, sono tornato. Non so per quanto questo profilo resterà attivo, ma so che mi troverete utilizzando i nostri hashtag **#ivampiriesistono e #sonotranoi**
Vi posto qui l'ultimo capitolo e, se mi dovesse succedere qualcosa, ricordatevi di quello che vi dico da tempo: esistono, si nascondono e, udite udite, hanno paura di noi.

Avevo le prove che il sangue dei vampiri, in dose non eccessiva, poteva essere una vera panacea per gli esseri umani. Non spiegherò come lo avevo scoperto, ma avevo constatato personalmente che le capacità rigeneranti potevano essere trasmesse, così come la facoltà di eliminare qualsiasi agente patogeno dall'organismo. Scoperte che mettevano a rischio gli immortali perché nessuno avrebbe potuto fermare l'umanità dalla rincorsa all'eterna giovinezza. Di certo non sarebbero bastati due canini.

La fisiologia di un corpo reso immortale dai plasmodi è affascinante.

Noi respiriamo per fornire ossigeno alle cellule che lo bruciano per produrre energia. I vampiri non ne hanno bisogno. I plasmodi vampirici attingono energia dal sangue che assumono. E lo consumano, senza sviluppare calore. Per questo il loro corpo è freddo. I plasmodi non si riproducono e non consentono neanche ai vampiri di farlo. Possono duplicarsi solo nel momento in cui colonizzano un corpo umano morente e il processo, una volta attivato, è irreversibile. RVH mi chiese se un lavaggio di sangue avrebbe, eventualmente, potuto restituire la natura umana a un immortale. Fui costretto a dirgli di no.

Dopo la trasformazione i vampiri non hanno più un cuore in grado di pompare sangue in giro e non hanno più arterie, vene, capillari funzionanti. I loro tessuti sono completamente trasformati. Inoltre, se anche il sangue purificato potesse restituirli allo stadio umano, morirebbero all'istante. Perché il loro corpo umano si vedrebbe cadere addosso tutti i loro anni. E tutti insieme.

Gianluca stava per cliccare - pubblica - quando una mano gli calò sulla spalla. Una mano grande, fredda, avvolta in un mezzoguanto da motociclista in pelle nera.

"Lascia quel mouse."

Non era una voce. Era un ringhio dalle vibrazioni cariche di minaccia. Gianluca fu sul punto di pisciarsi addosso mentre un gelo mortale lo avvolgeva. Obbedì mentre la destra della persona che gli stava in piedi alle spalle annullava il post e usciva dall'account.

"Prendi la chiavetta e seguimi."

Non poteva far nulla. Non poteva opporsi. Non poteva fuggire, tantomeno gridare. Si alzò e si lasciò pilotare fuori del locale.

Sei piedi e cinque pollici per più di duecento libbre.

Due metri d'altezza per più di novanta chili.

Neanche per un attimo dubitò che il proprietario della mano che minacciava di polverizzargli la clavicola fosse proprio il vampiro che il medico aveva conosciuto. Ne fu convinto, prima ancora di poterlo guardare in faccia. Non era pallido e non aveva pupille verticali, ma il progresso aveva fornito molti strumenti alla mimetizzazione degli immortali.

"Che succede adesso?", chiese mentre Raistan gli toglieva di mano la chiavetta Usb e la riduceva in briciole con il tacco dello stivale.

"Non lo immagini? Non è prudente infastidire i vampiri e tu, che sei un esperto, dovresti saperlo, *PureVampyre*. Cammina!"

"Dove vuoi portarmi?"

"Nella tua topaia."

"C'è il mio coinquilino."

"Chi credi mi abbia detto dove trovarti?"

"L'hai ucciso?"

"Non è stato necessario. Muoviti!"

Attraversarono la strada. C'era molta gente in giro, ma nessuno fece caso a un ragazzone biondo vestito di pelle in compagnia di un giovane amico dal look altrettanto dark. E Gianluca, le gambe molli e il cuore che rombava fin nelle orecchie, si chiese se quella strada ingombra di tavolini da aperitivo, cartacce, bottiglie vuote di birra e bicchieri di plastica fosse l'ultimo panorama della sua vita.

Al coinquilino di Gianluca Raistan aveva ordinato di dormire fino a contrordine. Il che voleva dire che, se se ne fosse dimenticato, l'universitario dalla faccia fiorita di acne sarebbe morto d'inedia nel sonno.

"Sei tu RVH, vero?", chiese *Pure Vampyre* quando furono soli nella sua stanza. Una vera e propria spelonca per il disordine e l'odore di chiuso e di panni sporchi.

Raistan lo spintonò a sedere sul letto e si guardò intorno senza nascondere una smorfia di disgusto.

"Il libro", disse.

Gli occhi di Gianluca lo fissarono, stolidi.

"Il saggio del medico in incognito, consegnamelo."

Era un ordine. Un ordine cui era impossibile opporsi. Il ragazzo si sentiva sdoppiato tra un corpo costretto a obbedire e la mente che assisteva stupefatta a uno dei poteri dell'immortale. Prese l'antico volume dal cassetto della scrivania chiuso a chiave. Era avvolto in un lembo di stoffa che sembrava antico quanto la pubblicazione. Il vampiro lo prese e lo maneggiò con una delicatezza che Gianluca non potè ignorare.

"Era tuo amico, il dottore?", chiese.

Gli occhi dell'immortale, camuffati dalle lenti a contatto scure, gli si alzarono in faccia.

"Mi pareva sapessi tutto quello che c'era da sapere."

"No, non tutto. Come fai a parlare la mia lingua?"

"Cos'ha di difficile la tua lingua?"

Gianluca si strinse nelle spalle.

"Nessuno parla italiano oltre gli italiani."

Raistan continuava a stringere tra le mani il volume. Ma i suoi pensieri erano altrove. Alle parole di un'aria d'opera lirica, in italiano. *Verranno a te sull'aure i miei sospiri ardenti, udrai dal mar che mormora l'eco dei miei lamenti...* E alla voce che le sussurrava nel suo orecchio più di un secolo prima.

"Io lo parlo", disse.

"Mi ucciderai?"

"Non prima che tu abbia raccontato alla Rete che ti sei inventato tutto e che il saggio del medico in incognito non è mai esistito."

"Può farlo il tuo hacker."

"Chi ti dice che non sia io, l'hacker?"

"Tu sei uno vecchio stile. Si vede da come scrivi... Zwart eri tu, no?"

Raistan si era messo il libro sotto il braccio, ma intanto si guardava intorno. La spelonca aveva tre pareti su quattro coperte di scaffali di libri e fumetti. La quarta parete era un florilegio di poster dedicati a film sui vampiri. Nosferatu, Dracula, Intervista col vampiro. Apprezzò che non ci fosse nulla su Twilight, neanche tra gli scaffali dove regnavano Ann Rice, Stoker, King, LeFanu, perfino Polidori.

"Che ci trovi di così interessante nei vampiri?", chiese sfilando dallo scaffale dei fumetti un volume dalla copertina occupata dal piano americano di un ragazzino biondo e pallido dagli occhioni tristi. Gli strappò un sorriso perché gli ricordava se stesso da piccolo. *Dàimones - Prima Lux*, lesse mentalmente. Lo sfogliò rapidamente. Il ragazzino era un vampiro, pareva, ma viveva alla luce del giorno. Il sogno degli immortali. Un sogno inutile, come dimostravano quei piccoli bastardi che aveva nel sangue e che Jack aveva scoperto.

"Siete immortali, siete forti, siete belli. Nessuno vi può offendere e passarla liscia. Ti pare poco?"

Raistan rise.

"L'immortalità è una noia, la forza non è una garanzia, la bellezza... Se un brutto viene reso immortale non per questo diventa bello. In quanto all'offenderci... Ci odiano, ci temono e, se possono, ci uccidono. Ci considerano mostri."

Gianluca si alzò.

"Guardati intorno, guarda in Rete. Gli appassionati di vampiri sono milioni. Hai visto cosa è successo con i miei post sul blog?"

"Stronzate. Gli stessi che leggono questi libri, questi fumetti o che fanno la fila al cinema urlerebbero come galline sgozzate se si trovassero davanti uno di noi. Uno vero, intendo."

"Io non sto urlando", rimarcò il ragazzo.

Raistan posò il libro e portò le mani al viso. Un istante dopo i suoi occhi erano svelati, pupilla verticale e striature cremisi. Afferrò Gianluca per la collottola della T-shirt e quasi lo sollevò da terra per fissarlo da vicino mentre un ringhio minaccioso rivelava le zanne.

"N-non… non farlo, ti prego", balbettò il ragazzo. "Al medico hai… hai permesso di vivere…"

"Tu non sei lui."

"L-lo so, ma io… io posso diventare il tuo… biografo."

Raistan adesso gli stava annusando il collo, i canini sfoderati. Non aveva sete. E quell'umano gli aveva messo addosso una strana malinconia. Lo scagliò contro la parete ricoperta di poster con un gesto quasi affettuoso. Che comunque non gli risparmiò un impatto doloroso.

"Non ho bisogno di un biografo. Mettiti al computer e smentisci tutto quello che hai scritto."

Gianluca si tirò su a fatica.

"Ho gli account bloccati…"

Raistan lo prese per la nuca e lo costrinse a sedersi davanti al pc.

"Accendilo", ordinò. Poi estrasse lo smartphone dalla tasca interna del giubbotto e inviò un messaggio Whatsapp a Nathaniel: *riattiva l'account dello stronzetto.*

Il lycan rispose quasi istantaneamente: *fatto.*

"Adesso puoi accedere al tuo blog. Fallo e smentisci tutto."

"Non mi crederanno. Anzi, più io mi sforzerò di convincerli e più immagineranno che sia costretto a mentire. È così che funziona sul Web. Più strana è la notizia, più sembra inverosimile, più la gente se la beve."

Un'aura negativa quasi tangibile si irradiò da Raistan e avvolse Gianluca facendolo impallidire e rabbrividire.

"Tu hai fatto il danno, tu adesso trovi il modo di rimediare. Perché ci sono molti modi di morire, *PureVampyre*, e alcuni sono lenti e dolorosi. E io sono un esperto."

"Non c'è rimedio, lo vuoi capire? I post sono diventati virali, gli *hashtag* che ho lanciato sono *trend topic*…"
Raistan ruggì la sua rabbia facendo trasalire il ragazzo.
"Allora non mi servi a niente. Ti ammazzo!"
Lo tirò in piedi, deciso a spezzargli il collo.
"Aspetta, aspetta, aspetta, ti prego!" Di fatto pigolava, ma continuava a guardarlo dritto in faccia. E non c'era traccia di ostilità. Niente in quel ragazzo ricordava Jack, eppure…
"Che vuoi? Cosa credi di ottenere?"
"Conoscerti, niente altro."
"Ma io non voglio conoscere te, idiota. Gli umani per noi sono cibo. E basta!"
Era incazzato, adesso. Senza un reale motivo. Non certo la preoccupazione per la diffusione di stralci del saggio di Jack. Che si fottesse il Kilarmeth. Avevano finito di tormentarlo.
"Non è vero", protestò Gianluca. "Quel dottore non lo era. E non lo erano gli ospiti cui accenna. Dice che tu tenevi a quelle persone, che non gli avresti fatto del male perché loro non volevano che gliene facessi. Chi erano?"
Il flashback colse Raistan a tradimento: lentiggini, un sorriso pieno di luce e poi un volto bellissimo, voci, sguardi, risate.
"Non ti riguarda."
"Ma erano umani e tu… erano importanti per te."
Erano più che importanti. Erano stati la vita. Frequentarli, vivere al loro fianco gli aveva restituito la giovinezza quando aveva già due secoli di vita sulle spalle. Dio, quanto li aveva amati.
"Sono morti. Sono andati via, come tutti gli altri. E come farai anche tu. Adesso."

"No no no no no, ti prego! Ragiona, se mi uccidi tutti i miei *follower* penseranno che abbia pagato con la vita per la scoperta che ho fatto. Indagheranno. Potrebbero darti dei fastidi, no?"
Raistan scosse la testa.
"Gli umani sono formiche. Quando danno fastidio, le schiacciamo."
"Allora perché sei qui? Se noi non possiamo darvi fastidio, perché ci tieni tanto a far sparire il medico misterioso e le sue scoperte?"
Gianluca volò di nuovo attraverso la stanza per schiantarsi, stavolta, contro lo scaffale dei fumetti e ritrovarsi sommerso di *manga* e Dylan Dog. Intanto Raistan aveva strappato tutti i cavi del pc per poi prendere la *tower*, sbatterla a terra e saltarci sopra a piedi pari in un nugolo di scintille.
"Tu sei morto!", scandì, marciando contro *PureVampyre*.
Gianluca cercò di indietreggiare, mani e piedi, tra i fumetti.
"Distruggere il computer non serve a niente. Gli stralci sono online, impossibile eliminarli. Qualsiasi cosa tu faccia, è inutile. Ormai lo hanno letto tutti."
"Ed è esattamente quello che non doveva succede, idiota!"
Di nuovo lo afferrò per la collottola della T-shirt e la torse per tirarlo in piedi e, al tempo stesso, dargli un senso di soffocamento.
"Guardami", ordinò. "Tu odi i vampiri…" Gianluca cercò inutilmente di scuotere la testa. "La ritieni una leggenda ridicola adatta a ragazzine stupide. Tu odi la narrativa horror, odi i fumetti, di qualsiasi genere. Tu odi i computer, i social network e Internet."
Adesso lo smarrimento del ragazzo stava assumendo la forma della disperazione. Non riusciva a respirare, ma le sue labbra continuavano a formare la parola *no*. "Non possiederai mai più un

computer, né un tablet, né uno smartphone. Non hai mai conosciuto un vampiro, i vampiri non esistono. Non hai mai letto un saggio sulla fisiologia dei vampiri, i vampiri non esistono. E sarà così per tutta la tua inutile vita, hai capito? Rispondi!"
Ogni traccia di disperazione e rifiuto era svanita dal suo volto, lo sguardo si era fatto vacuo.
"Ho capito, signore."
"Bene!"
Lo lasciò scivolare a terra, recuperò il libro di Jack e uscì dalla stanza di Gianluca Russo. Il suo coinquilino dormiva della grossa, faccia in giù sul divano. Si chinò su di lui.
"Tra cinque minuti ti sveglierai e sarai un idiota esattamente come sei sempre stato", gli sussurrò nell'orecchio. L'aria della sera romana lo accolse insieme agli schiamazzi del quartiere. Ragazze coperte di tatuaggi e poco altro gli passarono accanto e lo valutarono senza alcun pudore. Lui fece altrettanto, prima di ricordarsi che non aveva più le lenti a contatto a nascondere la particolarità dei suoi occhi. Prese dalla tasca del giubbotto gli occhiali da sole e li inforcò, raggiungendo rapidamente l'auto a noleggio che aveva lasciato in piena zona pedonale. C'era una multa sul cruscotto, ma non se ne curò. Si mise al volante e più che guidare fendette la città. Voleva arrivare in un punto tranquillo. Lo trovò. In alto, una specie di collina con un belvedere affacciato sulle luci della città. Non aveva molto tempo prima dell'alba. Richard gli aveva prenotato una stanza in un albergo di lusso dove non discutevano le richieste più bislacche. Ma non aveva voglia di chiudersi tra quattro mura, non ancora. Parcheggiò, poi svolse il libro dalla stoffa che lo avvolgeva e rimase in contemplazione

dell'austera copertina. C'era il titolo, la data di pubblicazione, le iniziali dell'autore. Lo aprì, con cautela, e si trovò davanti una dedica.

A voi, amico mio, per la fiducia che mi avete accordato,
per l'onore di avervi incontrato e per la pazienza,
sì, la pazienza con cui avete sopportato le mie domande
e le mie intrusioni in quello splendore che avete saputo creare
insieme ai miei adorati ragazzi.
A voi, con la speranza che, chissà quando e chissà dove,
queste pagine vi finiscano tra le mani
e vi donino un sorriso e un buon ricordo.
È la sola immortalità che io e loro potremo ottenere.

J.M.

Raistan richiuse la copertina e fissò la mano posata sul libro. L'anello di topazio e diamanti scintillava come la prima volta che l'aveva visto, indossato da chi sarebbe entrato come un ciclone nella sua noiosa eternità per rivoluzionarla. Sorrise, poi strinse il libro al petto e lasciò che le luci di Roma si tingessero di cremisi davanti ai suoi occhi pieni di lacrime. E nostalgia.

Sommario

Ringraziamenti:

A Laura Costantini, per il costante supporto e per l'amore che esprime sempre per il mio bambino di carta... e per tutto il resto.

A Kittrose, per un'altra splendida immagine. Lei legge i miei sogni e li fa divenire realtà;

A Bianca Marinelli che si sorbisce ogni riga e non protesta mai, anzi, dà segno di apprezzare;

E a te, caro lettore. Senza di te, nulla avrebbe senso.

www.ingramcontent.com/pod-product-compliance
Lightning Source LLC
Chambersburg PA
CBHW030430160726
47991CB00005B/1672